O BAILE DAS LOUCAS

VICTORIA MAS

O BAILE DAS LOUCAS

Tradução
Carolina Selvatici

1ª edição
Rio de Janeiro-RJ / Campinas-SP, 2021

VERUS
EDITORA

Editora
Raïssa Castro

Coordenadora editorial
Ana Paula Gomes

Copidesque
Manoela Alves

Revisão
Ana Paula Gomes

Projeto gráfico e diagramação
Abreu's System

Título original
Le Bal des Folles

ISBN: 978-65-5924-024-1

Copyright © Éditions Albin Michel, 2019

AMBASSADE DE FRANCE AU BRÉSIL
Liberté
Égalité
Fraternité

Cet ouvrage, publié dans le cadre du Programme d'Aide à la Publication année 2021 Carlos Drummond de Andrade de l'Ambassade de France au Brésil, bénéficie du soutien du Ministère de l'Europe et des Affaires Étrangères.

Este livro, publicado no âmbito do Programa de Apoio à Publicação ano 2021 Carlos Drummond de Andrade da Embaixada da França no Brasil, contou com o apoio do Ministério francês da Europa e das Relações Exteriores.

Tradução © Verus Editora, 2021

Direitos reservados em língua portuguesa, no Brasil, por Verus Editora. Nenhuma parte desta obra pode ser reproduzida ou transmitida por qualquer forma e/ou quaisquer meios (eletrônico ou mecânico, incluindo fotocópia e gravação) ou arquivada em qualquer sistema ou banco de dados sem permissão escrita da editora.

Verus Editora Ltda.
Rua Benedicto Aristides Ribeiro, 41, Jd. Santa Genebra II, Campinas/SP, 13084-753
Fone/Fax: (19) 3249-0001 | www.veruseditora.com.br

CIP-BRASIL. CATALOGAÇÃO NA PUBLICAÇÃO
SINDICATO NACIONAL DOS EDITORES DE LIVROS, RJ

M358b

Mas, Victoria, 1987-
   O baile das loucas / Victoria Mas ; tradução Carolina Selvatici. – 1. ed. – Campinas [SP] : Verus, 2021.
   210 p. ; 23 cm.

Tradução de: Le bal des folles
ISBN 978-65-5924-024-1

1. Romance francês. I. Selvatici, Carolina. II. Título.

21-71783   CDD: 843
                                                     CDU: 82-31(44)

Camila Donis Hartmann – Bibliotecária – CRB-7/6472

Revisado conforme o novo acordo ortográfico.

Seja um leitor preferencial Record.
Cadastre-se no site www.record.com.br e receba
informações sobre nossos lançamentos e nossas promoções.

Atendimento e venda direta ao leitor:
sac@record.com.br

I

Geneviève

3 de março de 1885

— L ouise. Já está na hora.

Com uma das mãos, Geneviève remove o cobertor que esconde o corpo adormecido da menina, encolhida no colchão estreito. Seus cabelos escuros e grossos cobrem a superfície do travesseiro e parte do rosto. Com a boca entreaberta, Louise ronca levemente. Não ouve ao seu redor, no dormitório, as outras mulheres já de pé. Entre as fileiras de camas de ferro, silhuetas femininas se espreguiçam, prendem os cabelos em coques, abotoam os vestidos compridos sobre as camisolas transparentes, depois caminham a passos monótonos na direção do refeitório, sob o olhar atento das enfermeiras. Raios de sol tímidos entram pelas janelas embaçadas.

Louise é a última a acordar. Toda manhã, uma residente ou uma alienada vem tirá-la da cama. A menina acolhe o crepúsculo com alívio e se deixa mergulhar em noites tão profundas que não sonha. Dormir permite que não se preocupe com o que aconteceu e não tenha medo do que está por vir. Dormir é seu único momento de paz desde os acontecimentos de três anos antes, que a levaram até lá.

— Levante-se, Louise. Estão esperando você.

Geneviève sacode o braço da menina, que acaba abrindo um dos olhos. Primeiro, ela fica impressionada ao ver a mulher que as alienadas apelidaram de Anciã esperando ao pé da cama, depois exclama:

— Vou participar da aula!

— Vá se arrumar. Você já dormiu o suficiente.

— Está bem!

A menina salta da cama com os dois pés e pega um vestido preto de lã na cadeira. Geneviève dá um passo para o lado e a observa. Seu olhar se demora nos gestos apressados, nos movimentos incertos de cabeça, na respiração rápida. Louise teve uma nova crise ontem — não pode ter outra antes da aula de hoje, de jeito nenhum.

A menina corre para abotoar a gola do vestido e se vira para a intendente. Perpetuamente rígida em seu uniforme branco, os cabelos loiros presos em um coque, Geneviève a intimida. Com o passar dos anos, Louise teve que aprender a lidar com a rigidez da mulher. Ninguém pode acusá-la de ser injusta ou maldosa. Ela simplesmente não inspira nenhum tipo de afeição.

— Assim, sra. Geneviève?

— Solte os cabelos. O doutor prefere.

Louise leva os braços arredondados ao coque feito rapidamente e se apressa para soltá-lo. É adolescente, apesar de não querer. Aos dezesseis anos, seu entusiasmo é infantil. Seu corpo cresceu rápido demais: os seios e os quadris, ao surgirem aos doze anos, não a preveniram das consequências daquela volúpia repentina. Certa inocência deixou seus olhos, mas não totalmente. É isso que faz com que todos possam esperar o melhor para ela.

— Estou com medo.

— Não resista e vai ficar tudo bem.

— Está bem.

As duas percorrem um dos corredores do hospital. A luz matinal de março entra pelas janelas e vem se refletir no piso — uma luz doce, que anuncia a primavera e o baile da mi-carême,* uma luz que dá vontade de sorrir e ter esperança de sair logo dali.

Geneviève sente que Louise está nervosa. A menina anda de cabeça baixa, os braços estendidos nas laterais do corpo, a respiração acelerada. As internas sempre ficam ansiosas quando vão encontrar Charcot — ainda mais quando são designadas para participar de uma sessão. É uma responsabilidade maior que elas, um destaque que as abala, um interesse tão pouco familiar para essas mulheres que a vida nunca valorizou que elas quase perdem o controle — de novo.

Depois de alguns corredores e portas vai e vem, elas entram na antessala do auditório. Um punhado de médicos e residentes espera. Com cadernos e canetas nas mãos, bigodes fazendo cócegas nos lábios superiores, corpos rígidos em seus ternos pretos e camisas brancas, eles se viram ao mesmo tempo para o objeto de estudo do dia. Seu olhar clínico disseca Louise: todos parecem ver através do vestido dela. A análise acaba fazendo as pálpebras da menina baixarem.

Apenas um rosto lhe é familiar: Babinski. O assistente do doutor anda até Geneviève.

— A sala logo estará cheia. Começaremos em dez minutos.

---

* Meio da Quaresma. (N. do E.)

— Precisa de alguma coisa específica para Louise?

Babinski observa a alienada dos pés à cabeça.

— Ela está bem assim.

Geneviève assente e se prepara para deixar a sala. Louise dá um passo ansioso atrás dela.

— A senhora vai vir me buscar, não é, sra. Geneviève?

— Como sempre, Louise.

Nos bastidores, Geneviève observa o auditório. Um eco de vozes graves se ergue dos bancos de madeira e toma a sala. O local parece menos um cômodo de hospital que um museu, ou até um salão de exposições. Pinturas e gravuras cobrem as paredes e o teto. Nelas, é possível admirar anatomias e corpos, cenas em que anônimos se misturam, nus ou vestidos, inquietos ou perdidos. Perto dos bancos, armários pesados que o tempo rachou expõem, atrás das portas de vidro, tudo que um hospital pode guardar como referência: crânios, tíbias, úmeros, bacias, dezenas de frascos, bustos de pedra e uma confusão de instrumentos. Já pela decoração, a sala promete ao espectador uma experiência singular.

Geneviève observa o público. Alguns rostos são familiares — ela reconhece médicos, escritores, jornalistas, residentes, políticos, artistas —, todos tão curiosos quanto já convertidos ou céticos. Ela se sente orgulhosa. Orgulhosa do fato de um único homem em Paris conseguir suscitar tamanho interesse que é capaz de preencher, a cada semana, todos os bancos do auditório. Aliás, ele está subindo ao palco. A sala se cala. Charcot impõe sem dificuldade a silhueta larga e séria diante do público de olhares fascinados. Seu perfil esguio lembra a elegância e a dignidade das estátuas gregas. Tem o olhar preciso e impenetrável do médico que, há anos, analisa mulheres rejeitadas pela família e pela sociedade em um momento de profunda vulnerabilidade. Sabe a esperança que gera nas alienadas. Sabe que Paris inteira conhece seu nome. A autoridade lhe foi concedida e ele agora a exerce com a convicção de que ela lhe foi entregue por um único motivo: é seu talento que vai fazer a medicina progredir.

— Senhores, bom dia. Obrigado por terem vindo. Nossa aula é uma demonstração de hipnose em uma paciente com histeria grave. Ela tem dezesseis anos. Desde que chegou ao La Salpêtrière, há três anos, contamos mais de duzentos ataques de histeria nela. A hipnose nos permitirá recriar uma dessas crises e analisar os sintomas. Por sua vez, os sintomas vão nos ensinar mais sobre o processo fisiológico da histeria. É graças a pacientes como Louise que a medicina e a ciência podem avançar.

Geneviève esboça um sorriso. Toda vez que o vê se dirigir aos espectadores ávidos pela demonstração, pensa no início da carreira do homem no hospital. Ela o viu estudar, anotar, tratar, procurar, descobrir o que ninguém descobrira antes, pensar como ninguém pensara até ali. Sozinho, Charcot encarna a medicina em toda sua integridade, toda sua verdade, toda sua utilidade. Por que idolatrar deuses quando homens como Charcot existem? Não, isso não está certo: não existe nenhum homem como Charcot. Ela se sente orgulhosa, sim, orgulhosa e privilegiada por poder contribuir, há quase vinte anos, com o trabalho e os avanços do neurologista mais famoso de Paris.

Babinski leva Louise até o palco. Submersa no medo dez minutos antes, a menina mudou de postura: agora é com os ombros para trás, o peito estufado e o queixo erguido que anda na direção de um público que só esperava por ela. Não está mais com medo — é seu momento de glória e reconhecimento. Dela e do professor.

Geneviève conhece todas as etapas do ritual. Primeiro, o pêndulo balançado lentamente diante do rosto de Louise, seus olhos azuis imóveis, o diapasão sendo tocado uma vez e a queda da moça para trás, seu corpo letárgico segurado por um triz por dois residentes. De olhos fechados, Louise se submete a qualquer pedido, executa gestos simples para começar: ergue o braço, dá uma volta, dobra uma das pernas, como um soldadinho obediente. Depois, ela o pousa a pedido do médico, une ambas as mãos para rezar, ergue a cabeça para suplicar ao céu, imita a crucificação. Aos poucos, o que parece ser uma simples demonstração de hipnose progride para o grande espetáculo, "a fase dos grandes movimentos", como anuncia Charcot. Agora, Louise está no chão e ninguém mais dá ordens a ela. Sozinha, ela se agita, dobra os braços, as pernas, joga o corpo da esquerda para a direita, vira para se deitar de costas, de bruços, os pés e as mãos se contraem até não conseguirem mais se mexer, o rosto se contorce de dor e prazer, bufadas estridentes pontuam as contorções. Qualquer pessoa supersticiosa pensaria em uma possessão demoníaca. Aliás, alguns membros da plateia fazem um discreto sinal da cruz. Então uma última convulsão a deixa de costas, os pés descalços e a cabeça se apoiam no chão e empurram o resto do corpo para cima, até formar um arco do pescoço aos joelhos. Os cabelos escuros varrem a poeira do palco, as costas em U invertido estalam pelo esforço. Por fim, quando a crise imposta termina, ela desaba com um baque surdo sob os olhares abismados.

É graças a pacientes como Louise que a medicina e a ciência podem avançar.

Fora dos muros do Hospital de la Salpêtrière, nos salões e cafés, muitos tentam imaginar como é o setor de Charcot, apelidado de "setor das histéricas". Todos imaginam mulheres nuas correndo pelos corredores, batendo com a testa no chão, abrindo as pernas para acolher amantes imaginários, gritando a plenos pulmões do nascer ao pôr do sol. Descrevem corpos de loucas entrando em convulsão sob lençóis brancos, caretas sob cabelos despenteados, rostos de mulheres velhas, mulheres obesas, mulheres feias, mulheres que é melhor manter isoladas, mesmo que ninguém saiba exatamente por que, já que elas não cometeram nenhuma ofensa nem crime. Para quem se assusta com qualquer toque de excentricidade, seja um burguês ou um proletário, pensar naquelas alienadas excita desejos e alimenta medos. As loucas os fascinam e os deixam horrorizados. E com certeza os deixariam decepcionados caso viessem dar uma volta pelo setor neste fim de manhã.

No grande dormitório, as atividades cotidianas são feitas com tranquilidade. Mulheres varrem entre e sob as camas de metal. Algumas se lavam diante de uma bacia de água fria, outras estão deitadas, assoladas pelo cansaço e pelos pensamentos, e não querem conversar com ninguém. Mulheres escovam os cabelos, falam sozinhas em voz baixa e observam a luz cair sobre o jardim, onde um pouco de neve ainda resta. Elas têm todas as idades, dos treze aos sessenta e cinco anos, são morenas, loiras e ruivas, magras e gordas, vestidas e penteadas como estariam na cidade, e seus movimentos estão longe de ser despudorados. Ao contrário do ambiente de depravação imaginado fora dali, o dormitório parece mais uma casa de repouso que uma ala exclusiva para histéricas. É ao olhar um pouco mais de perto que se percebem os problemas: vê-se uma mão fechada e retorcida, um braço contraído, apertado contra o peito. Veem-se pálpebras se abrirem e fecharem no ritmo do bater das asas de uma borboleta, ou certas pálpebras simplesmente fechadas de um lado, enquanto apenas um olho nos observa. Qualquer som de cobre ou diapasão é proibido, para evitar que algumas desabem em plena catalepsia. Uma boceja sem parar, outra é afetada por movimentos incontroláveis. Veem-se olhares abatidos, ausentes ou mergulhados em melancolia profunda. Além disso, de tempos em tempos, a famosa crise de histeria vem sacudir o dormitório no qual uma calmaria temporária paira: um corpo de mulher, sobre uma cama ou no chão, se dobra, se contrai, luta contra uma força invisível, se debate, se arqueia, se contorce, tenta escapar de seu destino, sem jamais conseguir. Então muitos a cercam, um residente pressiona dois dedos sobre seus ovários e a compressão enfim acalma a louca. Nos casos mais graves, um pano embebido em éter acaba cobrindo seu nariz. Os olhos se fecham e a crise termina.

Diferentemente das histéricas que dançam descalças por corredores gelados, predomina aqui apenas uma luta muda e diária pela normalidade.

Em uma das camas, mulheres se reúnem ao redor de Thérèse e a observam tricotar um xale. Uma jovem, penteada com uma coroa de tranças, se aproxima da mulher apelidada de Tricoteira.

— Este aqui é para mim, não é, Thérèse?

— Prometi para a Camille.

— Faz semanas que você me deve um.

— Dei um xale para você duas semanas atrás e você não gostou, Valentine. Agora vai ter que esperar.

— Mas que maldade!

A jovem se afasta do grupo com uma expressão incomodada. Ela não presta mais atenção à mão direita, que se contorce, nervosa, nem à perna dominada por tremores regulares.

Já Geneviève, acompanhada por outra enfermeira, ajuda Louise a voltar até sua cama. A menina, enfraquecida, ainda encontra forças para sorrir.

— Eu fui bem, sra. Geneviève?

— Como sempre, Louise.

— O dr. Charcot está satisfeito comigo?

— Ele vai ficar satisfeito quando tivermos curado você.

— Todo mundo estava olhando para mim, todo mundo... Vou ficar tão famosa quanto a Augustine. Não é?

— Agora descanse.

— Vou ser a nova Augustine... Paris inteira vai falar de mim...

Geneviève puxa o cobertor sobre o corpo exausto da menina, cujo rosto pálido adormece com um sorriso nos lábios.

A noite já caiu na Rue Soufflot. O Panthéon, lar de nomes ilustres homenageados sobre uma pedra espessa, vela o Jardim de Luxemburgo adormecido no fim da rua.

No sexto andar de um prédio, uma janela está aberta. Geneviève observa a rua calma, delimitada à esquerda pela silhueta solene do monumento aos mortos e, à direita, pelo jardim de estátuas em que transeuntes, amantes e crianças vêm desde a manhã caminhar pelos corredores verdejantes e gramados floridos.

Após voltar do trabalho no início da noite, Geneviève seguiu seu ritual diário. Primeiro, desabotoou a blusa branca. Depois, verificou de maneira metódica se não havia nenhuma mancha nela, normalmente de sangue, antes de pendurá-la em um pequeno armário. Então se lavou no corredor, onde às vezes encontra as outras moradoras do mesmo andar — uma mãe e a filha de quinze anos, as duas lavadeiras, sozinhas desde a morte do marido durante a Comuna de Paris. Depois de voltar para a pequena quitinete, esquentou uma sopa que engoliu sem fazer barulho, se sentou na beirada da cama simples, iluminada por um lampião a óleo, então foi ficar dez minutos na janela, como toda noite. Agora, imóvel e rígida, como se ainda usasse o uniforme apertado, ela observa a rua do alto, tão imperturbável quanto um vigia no topo de um farol. Ela não faz isso para contemplar as luzes da rua nem para sonhar — não tem esse tipo de romantismo em si. Usa esse momento de paz para enterrar o dia passado entre as paredes do hospital.

Ela abre a janela e deixa escapar ao vento tudo que a acompanha de manhã até a noite — os rostos tristes e irônicos, o cheiro de éter e clorofórmio, as batidas dos saltos contra o piso, o eco das queixas e dos gemidos, o rangido das camas sob os corpos agitados. Ela apenas se distancia do local. Não pensa nas alienadas. Elas não a interessam. Nenhuma doença a emociona, nenhuma história a perturba. Desde um acontecimento no início de sua carreira de enfermeira, desistiu de enxergar as mulheres por trás das pacientes. Muitas vezes, as lembranças a dominam. Ela revê a crise surgir na interna que se parecia com sua irmã, seu rosto se transformar, as mãos agarrarem seu pescoço e o apertarem com a obstinação de uma condenada. Geneviève era jovem. Achava que, para ajudar, era preciso se apegar. Duas enfermeiras intervieram para libertá-la das mãos da moça a quem dera sua confiança e sua empatia. O choque foi uma lição. Os vinte anos seguintes vividos entre as alienadas continuaram a validar aquele sentimento. A doença desumaniza, faz das mulheres marionetes à mercê de sintomas grotescos, bonecas de pano nas mãos de médicos que as manipulam e examinam cada dobra de sua pele, animais curiosos que suscitam apenas interesse clínico. Elas não são mais esposas, mães ou adolescentes.

Não são mulheres que observamos ou consideramos, nunca serão desejadas nem amadas: são doentes. Loucas. Fracassadas. E o trabalho dela consiste em tratá-las da melhor maneira possível, no mínimo mantê-las internadas em condições decentes.

Geneviève fecha a janela, pega o lampião a óleo e se senta diante da escrivaninha de madeira, onde pousa o lampião. No quarto em que mora desde que chegou a Paris, o único luxo que se vê é um aquecedor que esquenta levemente o cômodo. Nada muda há vinte anos. Naqueles quatro cantos, há a mesma cama simples, o mesmo armário que guarda dois vestidos para sair e um para ficar em casa, o mesmo fogão a lenha e o mesmo conjunto de escrivaninha e cadeira que compõe um pequeno espaço de trabalho. Uma tapeçaria rosa que o tempo amarelou e a umidade inchou em alguns pontos traz as únicas cores para o cômodo mobiliado com madeira escura. O teto, arqueado, a faz baixar a cabeça mecanicamente em certos lugares quando se movimenta.

Ela pega uma folha, mergulha a pena no tinteiro e começa a escrever:

Paris, 3 de março de 1885

Minha querida irmã,

Já faz alguns dias que não escrevo. Espero que não fique chateada comigo. As alienadas estavam especialmente agitadas esta semana. Basta que uma entre em crise para que as outras a acompanhem. O fim do inverno costuma causar esse efeito nelas. O céu escuro sobre a nossa cabeça por meses, o dormitório gelado que os aquecedores não conseguem esquen-

tar direito... Sem falar nas doenças de inverno. Tudo isso agravava o humor delas, como você pode imaginar.

Por sorte, hoje os primeiros raios de sol do verão puderam ser vistos. E o baile da mi-carême em duas semanas — sim, já está na hora — deve acalmá-las. Aliás, logo vamos resgatar as fantasias do ano passado. Isso vai melhorar um pouco o humor delas e, assim, o das enfermeiras também.

O dr. Charcot deu uma nova aula pública hoje. Com a pequena Louise, mais uma vez. A coitadinha já acha que vai fazer tanto sucesso quanto Augustine. Eu deveria lembrá-la que aquela lá gostou tanto de fazer sucesso que acabou fugindo do hospital — com roupas de homem, para piorar! Ela foi muito ingrata. Depois de tudo que nós, e sobretudo o dr. Charcot, fizemos para tentar curá-la. Uma louca o é por toda a vida, eu sempre lhe disse isso.

Mas a sessão correu bem. Charcot e Babinski conseguiram provocar uma bela crise. O público ficou satisfeito. O auditório estava lotado, como toda sexta-feira. O dr. Charcot merece o sucesso que tem. Nem consigo imaginar as descobertas que ele ainda vai fazer. Isso sempre me faz pensar em mim mesma — uma mocinha da Auvérnia, simples filha de um médico do interior, que hoje auxilia o maior neurologista de Paris. Devo confessar que essa ideia enche meu coração de orgulho e humildade.

A data do seu aniversário está chegando. Vou me esforçar para não pensar nisso, porque me deixa triste demais. Sim, até hoje. Você deve achar que sou uma tola, mas os anos não mudam nada. Vou sentir sua falta para o resto da vida.

Minha querida Blandine. Tenho que ir dormir. Um abraço apertado e um beijo carinhoso.

Sua irmã que pensa em você onde quer que você esteja

Geneviève relê a carta antes de dobrá-la. Depois a insere em um envelope e anota no canto superior direito: "3 de março de 1885". Ela se levanta e abre as portas do armário. Várias caixas retangulares estão arrumadas aos pés dos vestidos pendurados. Geneviève pega a caixa de cima. Dentro dela, há cerca de cem envelopes com datas no canto superior direito, como o que ela tem nas mãos. Com o indicador, examina a data no envelope do topo da pilha — "20 de fevereiro de 1885" — e pousa a nova carta sobre ele.

Ela devolve a tampa à caixa, a coloca no lugar e fecha as portas do armário.

2

Eugénie

20 de fevereiro de 1885

A neve cai há três dias. No espaço, os flocos imitam a forma de cortinas de pérolas. Uma camada branca e frágil se estendeu pelos jardins e calçadas, agarrando-se às peles e ao couro das botas que a percorrem.

À mesa de jantar, os Cléry não prestam mais atenção nos flocos que caem tranquilamente no pátio e aterrissam no tapete branco do Boulevard Haussmann. Os cinco integrantes da família, concentrados em seus pratos, cortam a carne vermelha que o empregado acabou de servir. Acima das cabeças, molduras decoram o teto. Em torno deles, móveis e quadros, objetos de mármore e bronze, lustres e candelabros compõem o apartamento burguês parisiense. É um fim de tarde normal: os talheres batem nos pratos de porcelana, os pés das cadeiras rangem sob os movimentos de seus ocupantes, o fogo crepita na lareira que o empregado vem atiçar com um bastão de ferro de tempos em tempos.

Em meio ao silêncio, a voz patriarcal acaba por se erguer.

— Encontrei o Fochon hoje. A herança da mãe não o satisfez. Ele esperava ficar com o castelo na Vendeia, mas foi a irmã que o herdou. A mãe lhe deixou apenas o apartamento da Rue de Rivoli. É uma herança muito pequena!

O pai não ergue os olhos do prato. Agora que falou, os outros podem tomar a palavra. Eugénie olha rapidamente para o irmão à sua frente, que mantém a cabeça baixa. Ela aproveita a oportunidade.

— Estão dizendo em Paris que Victor Hugo está muito debilitado. Sabe alguma coisa sobre isso, Théophile?

O irmão ergue os olhos impressionados na direção dela, enquanto mastiga sua carne.

— Não mais que você.

O pai, por sua vez, encara a filha. Ele não nota os olhos dela brilharem, irônicos.

— Onde em Paris você ouviu isso?

— Dos vendedores de jornal. Nos cafés.

— Não gosto de saber que você está frequentando cafés. Isso não é de bom tom.

— Só vou até lá para ler.

— Mesmo assim. E não mencione o nome desse homem nesta casa. Ele é tudo menos um republicano, ao contrário do que alguns dizem.

A moça de dezenove anos reprime um sorriso. Se não provocasse o pai, ele nem se dignaria a olhar para ela. Sabe que sua existência só será do interesse do patriarca quando um bom partido, ou seja, de uma família de advogados ou de tabeliões, como a deles, quiser se casar com ela. Esse é o único valor que ela terá aos olhos do pai, o valor de esposa. Eugénie imagina a raiva dele quando ela confessar que não quer se casar.

A decisão já está tomada há muito tempo. Ela não quer uma vida como a da mãe, sentada à sua direita: uma vida confinada entre as paredes de um apartamento burguês, uma vida submetida aos horários e às decisões de um homem, uma vida sem ambição nem paixão, uma vida sem ver nada além do próprio reflexo no espelho — isso supondo que ela ainda o use —, uma vida sem propósito além de gerar filhos, uma vida em que a única preocupação é escolher o modo como ela vai se vestir naquele dia. Pronto, é tudo que ela não quer. Tirando isso, ela quer todo o resto.

À esquerda de seu irmão, a avó paterna lhe confia um sorriso. A única integrante da família que a vê de verdade, como ela é: confiante e orgulhosa, pálida e morena, o rosto inteligente e os olhos atentos, a íris esquerda marcada por uma mancha escura, uma moça que observa e percebe tudo em silêncio — especialmente a necessidade urgente de não se sentir limitada em termos de conhecimento nem de aspirações: uma necessidade tamanha que às vezes lhe contorce o estômago.

O pai observa Théophile, que sempre come com apetite. Quando se dirige ao filho mais velho, o tom paterno se abranda:

— Théophile, você conseguiu estudar os livros novos que eu trouxe?

— Ainda não, estou um pouco atrasado em minhas leituras. Vou me dedicar a isso a partir de março.

— Vai começar a estagiar daqui a três meses. Quero que tenha terminado de estudar todo o material que tem.

— Farei isso. A propósito, amanhã à tarde não estarei em casa. Vou a um salão de debates. O filho do Fochon também vai, aliás.

— Não mencione a herança do pai dele. Isso pode irritá-lo. Mas, claro, vá trabalhar sua cabeça. A França precisa de uma juventude pensante.

Eugénie volta o rosto para o pai.

— Quando fala de uma juventude pensante, está falando dos rapazes e das moças, não é, papai?

— Eu já falei: o lugar das mulheres não é a praça pública.

— É triste imaginar uma Paris feita apenas de homens.

— Pare, Eugénie.

— Os homens são sérios demais. Não sabem se divertir. As mulheres sabem ser sérias, mas também sabem rir.

— Não retruque quando eu falo.

— Não estou retrucando, estamos conversando. É justamente isso que o senhor estava incentivando Théophile e os amigos a fazerem amanhã…

— Chega! Eu já falei que não quero insolência na minha casa. Pode se retirar.

O pai bate os talheres no prato e desafia Eugénie com o olhar. Os nervos à flor da pele arrepiam os pelos de suas costeletas e do bigode espesso, que desenham seu rosto. A testa e as têmporas ficam vermelhas. Esta noite, Eugénie pelo menos conseguiu suscitar uma emoção.

A jovem pousa os talheres no prato e o guardanapo na mesa. Ela se levanta, cumprimenta o grupo com um aceno de cabeça, sob o olhar abalado da mãe e o divertido da avó, e sai da sala de jantar, feliz com a confusão.

— Você não conseguiu mesmo se controlar hoje, não foi?

A noite caiu. Em um dos cinco quartos do apartamento, Eugénie bate as almofadas e os travesseiros. Atrás dela, de camisola, a avó espera que ela termine de preparar sua cama.

— Nós tínhamos que nos divertir um pouco. O jantar estava triste demais. Sente-se, vovó.

Ela pega a mão enrugada da senhora e a ajuda a se sentar na cama.

— Seu pai ficou contrariado até a sobremesa. Você devia controlar seu temperamento. Digo isso para o seu próprio bem.

— Não se preocupe comigo. Papai não poderia gostar menos de mim.

Eugénie ergue as pernas nuas e magras da avó e a ajuda a entrar sob as cobertas.

— Está com frio? Quer uma colcha?

— Não, minha querida. Está tudo bem.

A jovem se agacha diante do rosto gentil da mulher que ela põe para dormir toda noite. Aquele olhar azul lhe faz bem. Seu sorriso, que ergue as rugas e quase fecha os olhos claros, é o mais carinhoso possível. Eugénie a ama mais que à própria mãe. Talvez, em parte, porque a avó a ama mais que à própria filha.

— Minha pequena Eugénie. Sua maior qualidade será seu maior defeito: você é livre.

A mão sai de baixo da coberta para acariciar os cabelos escuros da neta, mas ela já não olha para a avó: sua atenção se fixa em outra coisa. Eugénie observa o canto do quarto. Não é a primeira vez que fica imóvel, olhando para um ponto invisível. Esses momentos nunca duram tempo suficiente para ser realmente preocupantes. É uma ideia, uma lembrança que passa por sua cabeça e parece abalá-la de maneira profunda? Ou é como aquela vez, quando tinha doze anos, em que Eugénie jurou ter visto algo? A senhora volta a cabeça para a mesma direção que a neta: no canto do quarto há uma cômoda, um vaso de flores e alguns livros.

— O que houve, Eugénie?

— Nada.

— Está vendo alguma coisa?

— Não, nada.

Eugénie vai até ela e acaricia a mão da avó, sorrindo.

— Estou cansada, só isso.

Ela não vai responder que, sim, está vendo alguma coisa — ou melhor, alguém. Que, aliás, faz certo tempo que não o vê e que sua presença a surpreende, mesmo que ela o tenha sentido chegar. Ela o vê desde os doze anos. Ele havia morrido há pouco, duas semanas antes do aniversário dela.

Toda a família estava reunida na sala. Foi então que ele apareceu pela primeira vez. Eugénie exclamou, convencida de que os outros também o viam:

— Olhem, o vovô está aqui. Está sentado na poltrona. Olhem!

E, quanto mais a contradiziam, mais ela insistia:

— O vovô está aqui. Eu juro!

Isso seguiu até o pai dar uma bronca séria nela, tão violenta que ela nunca mais teve coragem de mencionar a presença do avô, nas vezes seguintes. Nem a presença dele nem a dos outros. Porque algumas pessoas, depois de seu avô, também apareceram para ela. Como se o fato de ela tê-lo visto uma vez tivesse desbloqueado nela alguma coisa — um tipo de passagem que ela situou na altura do esterno, já que era ali que os sentia — até então travada, mas aberta de repente. Ela não conhecia os outros que haviam se revelado para ela: perfeitos desconhecidos, homens e mulheres de todas as idades. Eles não apareciam de uma vez só — ela os sentia chegar aos poucos: uma sensação de exaustão dominava seus membros e ela se sentia viajar em um tipo de semissono, como se sua energia tivesse sido sugada brutalmente. Era assim que eles se tornavam visíveis. De pé na sala, sentados em uma cama, ao lado da mesa de jantar, observando todos comerem. Quando era pequena, aquelas visões a assustavam e a isolavam em um silêncio doloroso. Se pudesse, teria se jogado nos braços do pai e enfiado o rosto no colete dele até que eles a deixassem em paz. Mas, por mais confusa que estivesse, ela ao menos tinha uma certeza: não eram alucinações. A sensação que as aparições provocavam nela não deixava dúvida nenhuma: aquelas pessoas estavam mortas e agora iam vê-la.

Um dia, seu avô voltou e conversou com ela. Na verdade, ela ouviu a voz dele em sua mente, pois os rostos ficavam sempre impassíveis e mudos. Ele pediu que ela não tivesse medo, disse que eles não queriam lhe fazer mal e que ela devia temer mais os vivos que os mortos. Depois, acrescentou que a menina tinha um dom e que eles a procuravam — eles, os mortos — por um motivo. Eugénie tinha quinze anos. Mas o terror inicial ainda não a deixou. Com a exceção do avô, de quem acabou por aceitar as visitas, ela implorava que os outros fossem embora assim que apareciam, e eles logo atendiam seu pedido. Ela não havia escolhido vê-los. Não havia escolhido ter aquele "dom", que, para ela, era mais uma disfunção psíquica. Tranquilizava-se dizendo a si mesma que aquilo passaria, que no dia em que saísse da casa do pai tudo aquilo desapareceria, que ninguém a incomodaria mais e que, enquanto isso, bastaria que ela ficasse quieta, mesmo diante da avó, pois, se voltasse a mencionar um fato parecido, logo seria levada para o La Salpêtrière.

Na tarde do dia seguinte, as nevascas dão uma trégua à capital. Nas ruas brancas, grupos de crianças improvisam canhões de projéteis gelados entre bancos e lampiões. Uma luz pálida, quase ofuscante, ilumina Paris.

Théophile sai do portão do prédio e segue na direção da carruagem que o espera na calçada. As mechas ruivas de seu cabelo escapam da cartola. Ele puxa a gola até o queixo, veste as luvas de couro com pressa e abre a porta do carro. Com uma das mãos, ajuda Eugénie a subir. Um longo casaco preto de mangas largas, completado por um capuz, a protege. Duas plumas de ganso estão plantadas em seu coque — ela tem pouca afeição pelos pequenos chapéus de ponta floridos que podem ser vistos em toda a capital. Théophile se aproxima do cocheiro.

— Boulevard Malesherbes, 9. E por favor, Louis, se meu pai perguntar, eu estava sozinho.

O cocheiro finge fechar um zíper sobre os lábios e Théophile se senta na carruagem ao lado da irmã.

— Você ainda está contrariado, meu irmão?

— Você sempre me contraria, Eugénie.

Pouco depois do almoço, uma refeição sempre mais serena pela ausência do pai, Théophile tinha ido até o quarto fazer a sesta diária de vinte minutos antes de se preparar para sair. Tinha acabado de pôr a cartola diante do espelho quando alguém batera à porta. Quatro batidas, típicas de sua irmã.

— Entre.

Eugénie tinha aberto a porta. Estava vestida e penteada para ir à cidade.

— Você ainda vai ao café? O papai não vai gostar.

— Não, vou ao salão de debates com você.

— De jeito nenhum.

— Por quê?

— Você não foi convidada.

— Então me convide.

— Só homens frequentam essas coisas.

— Que triste.

— Viu? Você não quer ir.

— Eu gostaria de saber como é, pelo menos uma vez.

— Ficamos em um salão, fumamos, tomamos café e uísque e fingimos filosofar.

— Se é tão entediante assim, por que você vai?

— Boa pergunta. Por convenção social, acho.

— Me deixe ir.

— Não tenho nenhuma intenção de provocar a irritação do papai quando ele souber.

— Devia ter pensado nisso antes de paquerar Lisette da Rue Joubert.

Théophile ficou petrificado e encarou por muito tempo a irmã, que sorriu para ele.

— Vou esperar você na porta.

Na carruagem, que tem dificuldade de avançar em meio à neve, Théophile parece preocupado.

— Tem certeza de que a mamãe não viu você sair?

— A mamãe nunca me vê.

— Você é injusta. Nem todo mundo na família conspira contra você, sabia?

— Só você não faz isso.

— Exatamente. Vou me juntar ao papai e começar a procurar seu futuro marido. Assim, você vai poder ir a todos os salões que quiser e não vai mais me incomodar.

Eugénie olha para o irmão e sorri. A ironia é o único traço que compartilham. Mesmo que nenhum carinho ligue os dois, nenhuma animosidade os afasta. Sentem-se menos irmãos e mais conhecidos que têm uma relação cordial e vivem sob o mesmo teto. Eugénie teria todos os motivos possíveis para ter ciúme do irmão: o filho mais velho, logo o filho adorado, o filho incentivado a estudar, o filho visto como futuro tabelião, enquanto ela é vista como futura esposa. Ela acabou percebendo que o irmão teve aquela situação imposta a ele tanto quanto ela.

Théophile também deve estar à altura das obrigações patriarcais, também deve suprir as expectativas que lhe foram impostas, também deve manter em segredo seus desejos pessoais, já que, se dependesse dele, Théophile fecharia sua mala e viajaria para todos os cantos, especialmente para longe.

Sem dúvida esta é a segunda coisa que os une: nenhum dos dois escolheu o próprio destino. Mas, mesmo nesse ponto, eles também são diferentes. Théophile aceitou sua situação, enquanto a irmã recusa a dela.

O salão burguês é parecido com a sala de sua casa. Suspenso no teto, um lustre de cristal domina o cômodo. Circulando entre os convidados, um empregado oferece copos de uísque dispostos sobre uma bandeja de prata. Outro serve café em xícaras de porcelana.

De pé perto da lareira ou sentados em sofás do século passado, jovens discutem em voz baixa e fumam charutos e cigarros. A nova elite parisiense, pensante e conformista. Nos rostos, pode-se ler o orgulho de ter nascido na família necessária. A displicência de seus gestos revela o privilégio de nunca ter precisado trabalhar. Para eles, a palavra *valor* só tem sentido se aplicada aos quadros que decoram as paredes e ao status social que conseguiram sem precisar se esforçar para isso.

Um jovem de sorriso irônico se aproxima de Théophile. Eugénie se mantém afastada e observa o grupo.

— Cléry, eu não sabia que você teria uma companhia tão charmosa hoje.

Théophile enrubesce sob os cachos ruivos.

— Fochon, esta é minha irmã. Eugénie.

— Sua irmã? Vocês não se parecem nem um pouco. Prazer, Eugénie.

Fochon avança para pegar a mão enluvada da moça. Seu olhar cheio de malícia causa um leve nojo nela. Ele se vira para Théophile.

— Seu pai contou sobre a herança da vovó?

— Sim, fiquei sabendo.

— Meu pai está muito irritado. Ele que só falava do castelo na Vendeia. Mas eu devia estar ainda mais irritado. A velha não deixou nada para mim. O único neto dela! Vamos. Eugénie, quer beber alguma coisa?

— Um café. Sem açúcar.

— Essas peninhas de ganso na sua cabeça são divertidas. Você vai alegrar nosso salão hoje.

— Então às vezes vocês riem?

— E além de tudo ela é insolente. Formidável!

Naqueles lugares controlados, as horas se passam com uma lentidão assustadora. As conversas dos pequenos grupos se misturam e se tornam apenas um eco de vozes graves e monótonas, entrecortadas pelo tilintar de copos e taças. A fumaça de tabaco formou um véu aveludado e opaco que paira no ar. O álcool relaxou os corpos já preguiçosos. Eugénie, sentada no veludo macio de uma poltrona, esconde os bocejos com a mão. O irmão não mentiu: apenas a convenção social pode explicar o interesse por aqueles salões. Os debates são menos debates que discursos acordados previamente, ideias decoradas que um desses supostos homens instruídos recita da maneira esperada.

Todos falam de política, claro — a colonização, o presidente Grévy, as leis Jules Ferry —, e um pouco de literatura e teatro também, mas sem profundidade, já que os dois são, aos olhos deles, mais distração que enriquecimento intelectual. Eugénie ouve sem escutar de verdade. Ela não se sente tentada a abalar um pouco aquelas pessoas de ideias restritas, apesar de às vezes ter vontade de intervir, de retrucar alguma opinião, de apontar as contradições de certos discursos. Mas já sabe a resposta que suscitaria: aqueles homens a encarariam, ririam de sua fala e com um aceno de mão desprezariam sua intervenção, relegando-a ao seu lugar. As mentes mais orgulhosas não querem que ninguém venha confundi-las, especialmente uma mulher.

Aqueles homens ali só estimam as mulheres quando a aparência delas é de seu gosto. Quanto às outras, capazes de reduzir sua virilidade, eles as ridicularizam ou, ainda melhor, se livram delas. Eugénie se lembra de um fato de cerca de trinta anos antes: uma mulher, Ernestine, queria se emancipar do papel de esposa fazendo aulas de culinária com o primo chef, esperando que um dia ela mesma pudesse assumir os fogões de um restaurante. O marido, removido de seu papel dominador, mandara interná-la no La Salpêtrière. Várias histórias desde o início do século repetem essa situação e são contadas nos cafés parisienses ou nas colunas de variedades dos jornais. Uma mulher que lutava contra a infidelidade do marido internada pelo mesmo motivo que uma miserável que expunha a vagina para os transeuntes; uma quarentona que havia aparecido de braço dado com um homem vinte anos mais novo internada por libertinagem ao lado de uma jovem viúva, enviada ao hospício pela sogra por estar melancólica demais após a morte do marido. Um depósito de mulheres que atrapalham a ordem social. Um sanatório para aquelas cuja sensibilidade não atende às expectativas. Uma prisão para todas as culpadas de terem uma opinião. Desde a chegada de Charcot, vinte anos atrás, dizem que o Hospital de la Salpêtrière mudou, que apenas as verdadeiras histéricas são internadas lá. Apesar dessas alegações, a dúvida se mantém. Vinte anos não são nada para mudar a mentalidade ancorada em uma sociedade dominada por pais e maridos. Nenhuma mulher nunca tem certeza total de que suas ideias, sua individualidade, suas aspirações não a conduzirão ao interior daqueles muros temidos no 13º distrito. Então elas tomam cuidado. Mesmo Eugénie, com sua audácia, sabe que nem todos os limites devem ser ultrapassados, especialmente dentro de um salão repleto de homens influentes.

— ...Mas aquele homem era um herege. Os livros dele deveriam ser queimados!

— Seria dar importância demais a ele.

— É moda. Ele vai cair no esquecimento. Aliás, quem hoje conhece o nome dele?

— Estão falando do homem que defende a existência de fantasmas?

— De "espíritos".

— Um maluco!

— Isso vai de encontro a qualquer lógica, fingir que a alma sobrevive à matéria. Essa afirmação nega todas as leis biológicas!

— E, independentemente dessas leis, se espíritos existissem, por que não se manifestariam com mais frequência?

— Vamos verificar! Desafio os espíritos presentes neste salão, se é que há algum, a fazer um livro cair ou mexer um quadro!

— Pare, Mercier. Apesar de isso ser absurdo, não gosto que brinquem com esse assunto.

Eugénie se vira na poltrona. Com o pescoço esticado para a multidão, escuta, pela primeira vez desde que chegou, o que está sendo dito.

— Não é apenas absurdo, mas também perigoso. Já leram *O livro dos espíritos*?

— Por que perderíamos tempo com essas histórias?

— Para criticar bem é preciso se informar. Eu li e garanto que algumas ideias ferem gravemente minha fé cristã mais profunda.

— O que você acha que faria um homem que finge se comunicar com os mortos?

— Ele tem coragem de afirmar que o paraíso e o inferno não existem. Minimiza a interrupção da gravidez, afirmando que o feto não tem alma!

— Isso é blasfêmia!

— Essas ideias deveriam tê-lo levado à forca!

— Qual é o nome do homem de quem estão falando? — Eugénie se levantou da poltrona. Um empregado se aproxima dela e recolhe a xícara vazia que tem nas mãos. Os homens se viram e a encaram, surpresos por ouvirem aquela moça, até então muda e taciturna, enfim se expressar. Théophile fica paralisado de ansiedade: a irmã é imprevisível e suas falas nunca deixam de provocar confusão.

De pé atrás de um sofá, com um charuto na mão, Fochon esboça um sorriso.

— A moça das penas de ganso finalmente decidiu falar. Por que está perguntando isso? Não é espírita, espero.

— Qual é o nome dele, por favor?

— Allan Kardec. Por quê? Está interessada nele?

— Vocês todos o criticaram com tanto ardor. Alguém que suscita tamanha paixão deve ter acertado em algum ponto.

— Ou então estar ridiculamente enganado.

— Eu mesma vou julgar isso.

Théophile se esgueira por entre os convidados e se aproxima de Eugénie. Ele a pega pelo braço e fala em voz baixa:

— Se não quiser ser crucificada aqui, é melhor ir embora agora mesmo.

O olhar do irmão é menos autoritário que preocupado. Eugénie sente os olhares de censura a analisarem da cabeça aos pés. Ela acena para o irmão e depois deixa o salão, despedindo-se dos presentes. Pela segunda vez em dois dias, sua saída se dá sob um silêncio opressivo.

3

Louise

22 de fevereiro de 1885

— **A** neve é bonita. Quero ir para o jardim.

Com o ombro apoiado no vidro, Louise esfrega a bota no piso com um ar melancólico. Seus braços arredondados estão cruzados sobre o peito e sua boca faz um bico. Do outro lado da janela, uma camada de neve perfeitamente lisa se estende sobre o gramado. Durante as nevascas fortes, as alienadas ficam proibidas de sair. As roupas à disposição delas não são quentes o bastante e seus corpos são frágeis demais — elas pegariam pneumonia na hora. Além disso, deixá-las se divertir na neve poderia agitá-las demais. Assim, sempre que o solo se torna branco, os movimentos ficam limitados ao dormitório. Elas permanecem paradas, falam com quem quiser ouvir, se movem sem objetivo, jogam cartas sem muita vontade, observam o próprio reflexo na janela, trançam os cabelos umas das outras, tudo sob um tédio infinito. Desde que acordam, a perspectiva de ter que enfrentar um dia inteiro abala seus corpos e mentes. A ausência de relógio faz de cada dia um momento suspenso e interminável. Entre aquelas paredes em que elas só esperam ser analisadas por um médico, o tempo é o inimigo fundamental. Ele faz brotar ideias reprimidas, reaviva as lembranças, aumenta a angústia, relembra os arrependimentos — e esse tempo, que ninguém sabe se um dia vai terminar, é mais temido que as próprias doenças.

— Pare de reclamar, Louise, e venha se sentar com a gente.

Thérèse, sentada em sua cama, tricota um xale sob os olhares curiosos que a cercam. A mulher é gorda e enrugada. Suas mãos levemente retorcidas tricotam sem parar os fios entre elas. Todas exibem suas criações com prazer e orgulho, usando o único sinal de interesse e carinho concedido a elas em muito tempo.

Louise dá de ombros.

— Prefiro ficar na janela.

— Olhar para fora faz mal.

— Não, tenho a impressão de ter todo o jardim para mim.

Uma silhueta masculina aparece no vão da porta. Imóvel, o jovem residente analisa o dormitório e vê Louise. A menina também o nota. Ela descruza os braços, ajeita as costas e abre um sorriso. Ele acena para ela e depois desaparece. Louise olha em volta, encontra o olhar desaprovador de Thérèse, desvia o seu e sai do dormitório.

A porta se abre para um quarto vazio. As venezianas estão fechadas. Louise fecha a porta com cuidado depois de entrar. Na penumbra do quarto, o jovem a espera de pé.

— Jules...

A menina se joga nos braços que a enlaçam. Seu coração bate nas têmporas. A mão do jovem acaricia seus cabelos e sua nuca. Um arrepio faz cócegas na pele de Louise.

— Onde você esteve nos últimos dias? Fiquei esperando você.

— Tive muito trabalho. Aliás, não posso ficar muito tempo. Estão me aguardando na aula.

— Ah, não...

— Louise, seja paciente. Logo vamos ficar juntos.

O residente pega o rosto da menina entre as mãos. Acaricia suas bochechas com o polegar.

— Me deixe dar um beijo em você, Louise.

— Não, Jules...

— Isso me faria feliz. Eu teria o gosto do seu beijo o dia todo.

Ela não tem tempo de responder antes que ele baixe a cabeça e lhe dê um beijo doce. Ele sente certa reticência nela e continua a beijá-la, já que é forçando que se faz alguém ceder. Seu bigode acaricia os lábios carnudos da menina. Insatisfeito com o beijo roubado, ele baixa a mão até o peito dela e pega seu seio. Louise o empurra com um gesto brusco e dá um passo para trás. Tremores sacodem seus membros. Sem conseguir se manter em pé, ela dá dois passos e se senta na beira da cama. Jules se aproxima com ar indiferente e se ajoelha diante dela.

— Não fique assim, minha querida. Eu te amo, você sabe disso.

Louise não o escuta. Seu olhar se fixou no vazio. São as mãos do tio que sente em seu corpo naquele instante.

Tudo foi destruído no incêndio na Rue de Belleville. Louise tinha acabado de fazer catorze anos. Dormia no sótão com os pais quando o fogo começou no térreo. O calor das chamas os acordou. Ainda sonolenta, ela sentiu os braços do pai a erguerem para que ela saísse pela janela. Vizinhos a pegaram na calçada. Ela se sentia zonza e tinha dificuldade de respirar. Acabou desmaiando e acordando na casa da tia.

— Agora nós somos seus pais.

A menina não chorou. Imaginou que a morte fosse temporária. Seus pais se recuperariam dos ferimentos e logo iriam buscá-la. Não havia motivo para ficar triste, bastava esperá-los.

Ela havia passado a morar com a tia e o marido dela em uma casa com mezanino atrás do Buttes-Chaumont. Pouco depois da tragédia, seus seios e quadris ganharam forma de repente. Em menos de um mês, a menina que ela era não entrava em mais nenhuma roupa. A tia foi obrigada a cortar e costurar um dos próprios vestidos para ela.

— Pode usá-lo no verão. Depois vamos ver o que vai usar no inverno.

Sua tia era lavadeira, e o marido dela, operário. Ele nunca dirigia a palavra a Louise, mas, desde que havia crescido, ela notava seus olhos escuros a observarem com insistência. Via neles um sentimento que não conhecia, mas que imaginava estar além de sua compreensão, adulto demais para ela ainda, e aquela atenção pouco apropriada, que não havia buscado, lhe causava um incômodo profundo. Suas curvas a atrapalhavam. Ela não dominava mais seu corpo nem a maneira como ele era visto, tanto na rua quanto em casa. O tio não dizia nada nem a tocava, mas ela tinha dificuldade para dormir à noite, como se, por um instinto puramente feminino, esperasse um movimento por parte dele. Deitada em um colchão sob o mezanino, ela acordava ao menor rangido dos degraus de madeira que levavam até onde seu corpo repousava.

O verão chegou. Louise tinha feito amizade com outros adolescentes do bairro. Todos os dias, o pequeno grupo se distraía como podia: as ladeiras de Belleville eram percorridas correndo, os doces do mercado eram pegos e escondidos em bolsos, pedras eram jogadas em pombos e ratos e tardes eram passadas à sombra das árvores no montanhoso Parque de Buttes. Em um dia de verão, quando o sol esmagava os corpos e até os paralelepípedos pareciam derreter, os amigos decidiram se refrescar no lago. Outros banhistas haviam tido a mesma ideia e o parque verdejante acolhera todos os moradores do bairro em busca de um pouco de sombra e frescor. Em um canto isolado, os adolescentes se despiram e entraram na água com as roupas de baixo. O banho foi divertido. Esqueceram o calor, o tédio do verão e a incerteza da idade.

O grupo ficou no lago até o fim da tarde. Ao voltar para a margem, eles notaram o tio de Louise escondido atrás de uma árvore. Não sabiam desde quando ele estava ali, observando. Sua mão larga e úmida pegou Louise pelo braço e sacudiu todo seu corpo, insultando a falta de pudor da menina. Sob o olhar assustado dos amigos, ela foi arrastada até o apartamento, com o vestido mal abotoado e os cabelos escuros e molhados cobrindo os seios, que se desenhavam sob a anágua transparente. Depois de passar pela porta, ele a empurrou na cama em que dormia com a mulher.

— É assim que você se mostra em público, é? Você vai ver. Vai aprender.

Caída na cama, Louise o viu tirar o cinto de couro. Sem dúvida, ele apenas bateria nela. Ela sentiria dor, mas os ferimentos seriam superficiais. Ele jogou o cinto no chão. Louise gritou:

— Não! Meu tio, não!

Ela se levantou, ele lhe deu um tapa e ela voltou a cair na cama. Ele se deitou sobre ela para impedi-la de se mexer, rasgou o tecido do vestido, afastou as coxas nuas da menina e desabotoou a calça. Ainda se forçava nela e Louise ainda berrava quando a tia voltou e viu a cena. Louise estendeu a mão na direção dela.

— Minha tia! Me ajude, minha tia!

O tio se retirou na hora, enquanto a mulher corria na direção dele.

— Seu nojento! Monstro! Vá embora! Não quero saber de você hoje!

O homem levantou a calça rapidamente, enfiou uma camisa e saiu pela porta. Aliviada pela libertação, Louise não notou os lençóis e sua vulva manchados com um sangue vermelho-vivo. A tia lançou então um olhar para ela e a estapeou.

— E você, sua vagabundinha! De tanto provocar, é isso que acontece! E você ainda sujou meus lençóis. Vá se vestir e lavar isso agora mesmo!

Louise olhou para ela sem entender. Precisou de um segundo tapa para se vestir e se mexer.

O tio voltou no dia seguinte, e a rotina diária foi retomada como se o acontecimento tivesse sido esquecido. Louise passou a ficar deitada embaixo do mezanino, abalada por convulsões que não conseguia controlar. Sempre que a tia a chamava para lavar a louça ou fazer faxina, a menina forçava o corpo encolhido a se aproximar dela. Ao chegar ao primeiro andar, vomitava imediatamente. Sua tia voltava a gritar e Louise desmaiava. Quatro ou cinco dias se passaram assim. De tanto ouvir os gritos que agitavam o pequeno imóvel, o vizinho de baixo veio bater na porta deles uma noite. A tia abriu a porta extremamente irritada e o vizinho encontrou Louise no chão, o rosto em uma poça de vômito e o corpo agitado por tremores violentos, que jogavam sua cabeça para trás e seus pés para a frente. Ele pegou a menina no colo e a levou, com a mulher, ao La Salpêtrière. Ela não saiu mais. Isso foi há três anos.

Nas poucas vezes que mencionou o ocorrido, Louise o resumiu assim: "Levar uma bronca da minha tia me fez sofrer mais que ser violentada pelo meu tio".

No setor das alienadas, ela era a paciente com surtos mais regulares e mais severos. Tinha os mesmos sintomas de Augustine, uma antiga interna que Charcot fizera Paris descobrir durante suas aulas públicas. Quase toda semana seu corpo era tomado por convulsões e contrações, ela se retorcia, se arqueava, desmaiava. Em outras ocasiões, sentada na cama, seu corpo era tomado pelo êxtase, ela levava as mãos ao céu e se dirigia a Deus ou a um amante imaginário. O interesse que Charcot tinha por Louise e o sucesso das aulas públicas semanais das quais ela era o tema a haviam feito acreditar que era a nova Augustine — e aquela ideia a acalentava, tornava a internação e as lembranças menos infelizes. E, havia três meses, tinha Jules. O jovem residente e ela se amavam. Ele ia se casar com ela e tirá-la dali. Louise não teria mais nada a temer: ficaria curada e seria, enfim, feliz.

No dormitório, Geneviève caminha ao lado das camas cuidadosamente alinhadas, mantendo a ordem e a calma. Vê Louise voltar para o cômodo. Se tivesse um pouco de empatia, a intendente notaria o olhar perturbado da menina, os punhos cerrados contra os quadris.

— Louise? Onde você estava?

— Eu tinha esquecido meu broche no refeitório. Fui buscar.

— Quem permitiu que você andasse sozinha?

— Fui eu, Geneviève, você não está louca.

Geneviève se vira para Thérèse, que parou de tricotar e a observa com ar tranquilo. A intendente faz uma expressão contrariada.

— Vou repetir, Thérèse: você é uma interna aqui, não enfermeira.

— Conheço mais o regulamento daqui do que todas vocês, jovens recrutas. Louise não se ausentou por mais de três minutos. Não foi, Louise?

— Foi.

Thérèse é a única que a Anciã não consegue contradizer. As duas convivem entre as paredes do hospital há vinte anos. No entanto, os anos não as tornaram íntimas, um conceito inconcebível para Geneviève. Mas a proximidade que aquele local exige, as provas morais às quais são submetidas desenvolveram entre a enfermeira e a antiga prostituta um respeito mútuo, um acordo amável, do qual elas não falam, mas que não ignoram.

Cada uma encontrou seu espaço e desempenha seu papel com dignidade: Thérèse, mãe de coração para as alienadas; Geneviève, mãe professora para as enfermeiras. Entre elas costuma haver uma troca de favores: a Tricoteira tranquiliza ou alerta Geneviève sobre uma interna específica. A Anciã informa Thérèse sobre os avanços de Charcot e os acontecimentos de Paris. Aliás, Thérèse é a única com quem Geneviève já se pegou conversando sobre assuntos alheios ao La Salpêtrière. À sombra de uma árvore em um dia de verão, em um canto do dormitório em uma tarde de chuva, a alienada e a intendente conversaram com pudor sobre os homens com quem não convivem, os filhos que não têm, o Deus em que não acreditam, a morte que não temem.

Louise vai se sentar ao lado de Thérèse. Mantém os olhos voltados para as próprias botas.

— Obrigada, Thérèse.

— Não gosto de você estar de namorico com esse residente. Ele não tem olhos bons.

— Ele vai se casar comigo, sabia?

— Ele pediu você em casamento?

— Vai fazer isso no baile da mi-carême, no mês que vem.

— Aposto que sim.

— Na frente de todas as moças. E de todos os convidados.

— E você acredita quando um homem fala? Minha pequena Louise... Os homens sabem dizer o necessário para conseguir o que querem.

— Ele me ama, Thérèse.

— Ninguém ama uma alienada, Louise.

— Você está com ciúme porque vou me casar com um médico!

Louise se levanta. Seu coração palpita, suas bochechas estão coradas.

— Eu vou sair daqui, vou morar em Paris, vou ter filhos. E você não!

— Sonhos são perigosos, Louise. Especialmente quando dependem de alguém.

Louise sacode a cabeça para esquecer o que acabou de ouvir e dá as costas para ela. Vai se deitar em sua cama, se estica sob a coberta e a puxa para cima da cabeça.

4

Eugénie

25 de fevereiro de 1885

Alguém bate na porta do quarto. Sentada na cama, com os cabelos lisos pendendo sobre um dos lados do peito, Eugénie fecha o livro com ambas as mãos e o esconde sob o travesseiro.

— Entre.

O empregado abre a porta.

— Seu café, srta. Eugénie.

— Obrigada, Louis. Pode deixar aí.

O empregado avança a passos abafados pelo carpete e coloca a pequena bandeja de prata na mesa de cabeceira, ao lado de um lampião a óleo. Fumaça escapa do bule e o aroma doce e aveludado de café quente perfuma o quarto da moça.

— A senhorita quer alguma outra coisa?

— Pode ir se deitar, Louis.

— Trate de dormir um pouco também, senhorita.

O empregado sai pela porta, que fecha sem fazer barulho. O restante da casa dorme. Eugénie serve o café em uma xícara e tira o livro de baixo do travesseiro. Há quatro dias, ela espera a família e a cidade dormirem para ler a obra que está revolucionando sua vida. Não consegue lê-la tranquilamente na sala, à tarde, nem em um restaurante, em público. A capa do livro bastaria para causar pânico em sua mãe e provocar a condenação de desconhecidos.

No dia seguinte ao salão de debates medíocre a que havia assistido, do qual, por sorte, o pai não soubera nada, Eugénie tinha saído em busca do autor cujo nome ocupava sua cabeça desde que o ouvira ser mencionado pelo filho de Fochon. Depois de algumas visitas infrutíferas às livrarias do bairro, um livreiro havia indicado que ela poderia encontrar a obra em questão em apenas um lugar em toda Paris: na Leymarie, uma loja situada na Rue Saint-Jacques, 42.

Para não pedir a Louis que a levasse de carruagem, Eugénie havia decidido enfrentar a tempestade para ir até lá sozinha. Suas botas pretas esmagavam o tapete de neve que cobria a calçada. Aos poucos, a velocidade de seus passos e o frio tornaram seu rosto vermelho e fizeram sua pele arder. Um vento gelado circulava entre os bulevares e fazia as cabeças baixarem. Ela seguiu as indicações do livreiro: passou pela Igreja da Madeleine, atravessou a Place de la Concorde e subiu o Boulevard Saint--Germain na direção da Sorbonne. A cidade estava branca, o Sena, cinza. Diante das carruagens quase paradas por causa da estrada coberta de neve, os cocheiros mantinham metade do rosto enfiada no colarinho do casaco. Às margens dos cais, os buquinistas enfrentavam o frio entrando regularmente no bistrô do outro lado da calçada. Eugénie andava o mais rápido que podia. As mãos enluvadas puxavam as pontas do casaco grosso para o mais perto possível de sua cintura. O corpete incomodava muito. Se soubesse que teria que percorrer uma distância tão longa, o teria deixado no armário. O acessório claramente tem por único objetivo imobilizar as mulheres em uma postura supostamente desejável: não permitir que se movimentem de maneira livre! Como se os entraves intelectuais já não fossem suficientes, era preciso limitá-las fisicamente. Dava até para pensar que, ao impor tantas barreiras, os homens não desprezavam as mulheres, eles as temiam.

Ela entrou pela porta da modesta livraria. O calor do local a dominou, aliviando os braços enrijecidos pelo frio. Suas bochechas ardiam. No fundo da loja, dois homens estavam debruçados sobre maços de papel. Um parecia ter cerca de quarenta anos e devia ser o livreiro. O outro era mais velho, vestido de forma elegante, a testa com entradas, a barba espessa e branca. Eles a cumprimentaram ao mesmo tempo.

À primeira vista, a livraria era igual a qualquer outra: sobre as prateleiras, livros raros e antigos se misturavam a publicações recentes. A combinação entre aqueles velhos papéis amarelados pelo tempo e a madeira das estantes corroída pelos anos dava ao local um aroma que Eugénie adorava mais que tudo. Era ao examinar os livros mais de perto que a loja se distinguia das outras: ao contrário dos costumeiros romances, coletâneas de poesia ou ensaios, ali reinavam as ciências espíritas e ocultas, a astrologia e o esoterismo, o místico e o espiritual. Aqueles autores tinham investigado outras coisas, mais profundas, das quais poucos ousavam se aproximar.

Havia algo de assustador na possibilidade de pisar naquele mundo — como se ela estivesse saindo dos caminhos tradicionais para entrar em um universo distinto, abundante e cativante, um universo escondido e silenciado, mas que existia e se mantinha muito bem. Na verdade, aquela livraria tinha o aspecto proibido e fascinante das realidades que não mencionamos.

— Podemos ajudar, senhorita?

Os dois homens a observavam dos fundos da loja.

— Eu procuro *O livro dos espíritos*.

— Os exemplares estão aqui.

Eugénie se aproximou. Sob as sobrancelhas grossas e brancas, os olhos enrugados do velho a observaram com curiosidade e simpatia.

— É seu primeiro contato com ele?

— É.

— Alguém o recomendou para a senhorita?

— Na verdade, não. Ouvi o autor ser enxovalhado por jovens homens pensantes. E isso me deu vontade de lê-lo.

— É uma história que teria deixado meu amigo contente.

Eugénie o observou sem entender e o homem levou a mão ao peito.

— Sou Pierre-Gaëtan Leymarie. Allan Kardec era meu amigo.

O editor então notou a mancha escura na íris de Eugénie. De início pareceu surpreso, depois sorriu.

— Acho que este livro vai esclarecer muitas coisas para a senhorita.

Eugénie saiu perturbada. O lugar era estranho. Como se o conteúdo dos livros inserisse nas paredes uma energia singular. Além disso, aqueles dois homens não eram iguais aos que ela costumava encontrar em Paris. Tinham outro olhar — não hostil nem fanático, mas bondoso e atento. Eles pareciam saber de coisas que outras pessoas ignoravam. Aliás, o editor a encarara com atenção, como se reconhecesse algo nela, mesmo que ela não soubesse exatamente o quê. Ela estava abalada demais e decidiu não pensar mais naquilo.

Escondeu o livro sob o casaco, depois pegou o caminho no sentido contrário.

O relógio do quarto marca três horas. O bule está vazio. Um pouco de café resta no fundo da xícara. Eugénie fecha o livro que acabou de ler e o segura entre as mãos. Permanece imóvel. No quarto silencioso, não ouve o tique-taque do relógio nem sente mais o arrepio que faz cócegas em seus braços nus e frios. É um momento estranho quando o mundo que acreditávamos existir, quando as certezas mais íntimas são repentinamente abalados — quando novas ideias nos fazem encarar outra realidade. Sente que, até então, ela olhava para a direção errada e a partir dali será obrigada a olhar para outro lugar, exatamente para o sentido em que sempre deveria ter olhado. Ela pensa de novo no que o editor disse alguns dias antes: "Este livro vai esclarecer muitas coisas para a senhorita". Volta a se lembrar das palavras do avô, que pedira que ela não temesse o que via. Mas como não temer algo tão insano, tão absurdo? Ela nunca pensara em outra explicação: suas visões só podiam ser fruto de um desequilíbrio interior. Ver mortos é um sinal claro de loucura. Aqueles sintomas não a levariam ao médico, e sim ao La Salpêtrière. Mencioná-los a quem quer que fosse garantiria internação imediata. Eugénie observa o livro em suas mãos. Tinha sido necessário esperar sete anos para que aquelas páginas a revelassem para si mesma. Sete anos para não se sentir mais a única anormal no meio da multidão.

Para ela, todas aquelas ideias fazem sentido: a alma sobrevive após a morte do corpo, nem o paraíso nem o nada existem, os desencarnados guiam os homens e olham por eles, como seu avô olha por ela, e certas pessoas têm a capacidade de ver e ouvir os espíritos, como ela. Bom, claro que nenhum livro, nenhuma doutrina pode pretender deter a verdade absoluta. Existem apenas tentativas de explicar e escolhas feitas para aceitar ou não aquelas explicações, porque o homem tem uma necessidade natural de fatos concretos.

Os conceitos cristãos nunca a convenceram. Ela não negava a possibilidade de um Deus, mas preferia acreditar em si mesma, mais que em uma entidade abstrata. Não conseguia imaginar a existência de um paraíso e um inferno eternos. A vida já se assemelha a uma condenação. Que essa condenação continue após a morte parece algo absurdo e injusto. Então, sim, que espíritos existam e que os homens estejam intimamente ligados a eles não lhe parece impossível. Que a razão da existência sobre a terra seja progredir moralmente é um conceito que ela consegue conceber, e que algo subsista após o fim da vida corpórea é uma ideia que a tranquiliza e não a faz mais duvidar da vida nem da morte. Suas convicções nunca foram tão abaladas e ela nunca sentiu um alívio tão profundo nem tão sereno.

Ela enfim sabe quem é.

Nos dias seguintes, uma calma interior a acompanha. Inclusive, no apartamento familiar, todos ficam impressionados com a tranquilidade da caçula. As refeições acontecem sem confusão, os comentários paternos são recebidos com um sorriso. Eugénie nunca foi tão comportada, tanto que chegam a pensar, de maneira inocente, que ela enfim decidiu amadurecer e encontrar um bom partido. No entanto, o segredo que ela carrega em silêncio nunca a convenceu tanto de sua escolha. Eugénie sabe que não tem mais nada a fazer ali. Agora precisa se aproximar de pessoas que compartilhem de suas ideias. Seu lugar é perto delas. Seu caminho deve ser traçado com base naquela filosofia. Sem demonstrar nada, a mudança que está acontecendo nela a incita a pensar no futuro e nas próximas atitudes que terá que tomar.

Na primavera, ela já terá saído dali.

— Já faz alguns dias que você está se comportando bem, Eugénie.

A avó está deitada na cama, a cabeça apoiada no travesseiro. Eugénie puxa o cobertor sobre seu corpo frágil.

— Isso deveria deixar você feliz. O papai não está mais de mau humor por minha causa.

— Você parece pensativa. Conheceu um rapaz?

— Por sorte, não são os homens que me deixam pensativa. Você quer um chá antes de dormir?

— Não, minha querida. Sente-se.

Eugénie se senta na beira da cama. A avó pega uma de suas mãos entre as dela. A luz do lampião a óleo ilumina suas silhuetas e os móveis do quarto, criando jogos de sombra e luz.

— Percebo que alguma coisa está preocupando você. Pode falar comigo. Você sabe disso.

— Não estou preocupada. Ao contrário.

Eugénie sorri para ela. Nos últimos dias, tem pensado em confiar seu segredo à avó. A mulher seria, sem dúvida, a menos reticente quando a ouvisse e respeitaria suas afirmações sem enxergá-la como louca. O entusiasmo que a anima é tentador: ela adoraria revelar o que carrega em si, compartilhar o que viu e sentiu até ali. O silêncio seria um pouco menos pesado. Ela finalmente teria alguém para quem expressar seus incômodos e suas alegrias. Mas se contém. Bastaria que a mãe passasse pela porta durante suas confidências e a ouvisse. Bastaria que a avó pedisse para ler *O livro dos espíritos* e o largasse sem querer em algum lugar. Eugénie não confia nas paredes daquela casa. Sim, ela vai contar tudo à avó, mas só quando não morar mais ali.

Um perfume é sentido no cômodo. Sentada ao lado da velha senhora, Eugénie reconhece a fragrância: um cheiro amadeirado com toques de figo, o perfume singular que ela sentia em sua camisola quando o avô a abraçava. Sua respiração fica mais lenta. Aos poucos, um cansaço familiar invade seus membros. A cada vez que ela expira, sua energia se dissipa um pouco. Eugénie fecha os olhos, exausta pelo peso que se abate sobre seu corpo, depois os abre. Ele está ali. De pé diante dela, as costas contra a porta fechada. Ela o vê perfeitamente, tão claro quanto a avó, que a encara com uma expressão surpresa. Reconhece os cabelos brancos puxados para trás, os sulcos que marcam as maçãs do rosto e a testa, o bigode muito branco cujas pontas ele enrolava entre o indicador e o polegar, a gola da camisa escondida por um lenço, o colete de caxemira cinza-azulado combinando com a calça reta que veste suas longas pernas, a sobrecasaca roxa costumeira. Ele permanece parado.

— Eugénie?

Ela não ouve a avó. É a voz do avô que surge em sua cabeça.

"O pingente não foi roubado. Está na cômoda. Sob a gaveta de baixo, à direita. Conte a ela."

Eugénie sente que está sendo sacudida e vira o rosto para a avó. A senhora se levanta e segura os braços da neta com suas mãos frágeis.

— Minha filha, o que você tem? Parece que Deus está falando com você.

— Seu pingente.

— O que disse?

— Seu pingente, vovó.

A moça se levanta, pega o lampião a óleo e segue até a cômoda de jacarandá maciço. Ajoelha-se e retira, uma a uma, as seis gavetas pesadas, que põe com cuidado no chão. A avó se levantou e cobriu os ombros com um xale. Sem coragem de se mexer, observa a neta ajoelhada diante do móvel.

— Eugénie, explique o que está acontecendo. Por que está falando do meu pingente?

As gavetas da cômoda estão no chão. Eugénie tateia o fundo, a parte de baixo à direita, e não sente nada a princípio. Então seu dedo esbarra em um buraco, pequeno demais para pôr a mão, mas grande o bastante para que um objeto caia ali. Ela tateia o fundo da gaveta, velho e desgastado, depois dá algumas batidinhas: o som parece oco.

— Está aqui embaixo. Peça ao Louis para pegar um arame.

— Eugénie, pare...

— Por favor, vovó, acredite em mim.

O rosto perturbado da senhora a encara por um instante antes que ela saia do quarto. Eugénie não está mais vendo o avô, mas sabe que ele ainda está ali: seu perfume se aproximou da cômoda. Ele está ao lado dela.

"Pode contar para ela, Eugénie."

Ela fecha os olhos. Seu corpo parece pesado. Ouve a avó e Louis voltarem a passos discretos para o quarto. A porta se fecha sem fazer barulho. Sem nenhuma pergunta, Louis entrega o arame a Eugénie. A moça se apressa, estende o fio, forma um gancho na ponta e o enfia no buraco da gaveta. Sob ela, há uma segunda tábua, mais grossa, e entre as duas um espaço. Usando o gancho, ela tateia com cuidado cada centímetro da superfície.

Ela acaba esbarrando em alguma coisa. Seus dedos empurram o arame com cuidado para virá-lo na horizontal. Ela ouve a ponta raspar em uma correntinha. Com o coração disparado, tenta prender o que está sentindo no gancho, virando-o, orientando a ferramenta improvisada no que sabe ser a joia. Depois de várias manobras, puxa o fio cinza e tenso, em cuja ponta alguma coisa se prendeu. Ao sair do escuro e voltar à luz, a correntinha dourada aparece enrolada no gancho, com o pingente em vermeil, que ela estende na direção da avó. A senhora, tomada por uma emoção que não sentia desde a morte do marido, leva as mãos à boca para segurar o choro.

No dia em que seus avós se conheceram, ele, com dezoito anos, jurou se casar com ela, que tinha dezesseis. Antes mesmo que ele apresentasse a aliança, havia concretizado a promessa entregando a ela uma joia presente na família havia gerações — um pingente oval em vermeil, ornado com pérolas nas bordas em um fundo azul-escuro. O centro representava a miniatura de uma mulher recolhendo água de um rio com um balde. No verso do medalhão, uma parte de vidro se abria, na qual ele havia colocado uma mecha de seus cabelos loiros.

A avó o pendurava no pescoço toda manhã, sem exceção, desde o dia em que ele lhe dera o presente até o dia do casamento dos dois, do nascimento do único filho e até o dos netos. Mas Eugénie, recém-nascida, adorava pegar o pingente em suas mãozinhas curiosas e puxá-lo. Temendo que a criança acabasse quebrando a joia, a avó a guardara na última gaveta da cômoda, dizendo que voltaria a usá-lo quando Eugénie fosse um pouco mais velha. A família morava no mesmo apartamento, no Boulevard Haussmann. O marido e o filho eram tabeliões. Ela e a nora cuidavam das crianças. Em uma tarde em que as duas mulheres tinham saído com o menininho e a bebê para ir até o Parque Monceau, o empregado recém-contratado aproveitou para roubar tudo que pudera do apartamento burguês — prataria, relógios, joias, tudo que brilhasse pouco ou muito. Ao voltar, no fim do dia, as mulheres levaram um susto ao descobrir o roubo. Na gaveta da cômoda, o pingente havia desaparecido. Achando que ele o havia levado com o resto, a avó chorou por uma semana.

Nos anos seguintes, ela mencionava regularmente o pingente de que sentia falta. Demonstrou tristeza profunda quando o marido morreu. O pingente não era um simples adorno: era a primeira prova de amor daquele que havia compartilhado a vida com ela.

No entanto, o objeto estava ali, ignorado no fundo falso de uma gaveta, em uma cômoda em seu próprio quarto. Dezenove anos antes, o empregado havia roubado tudo em um frenesi: com medo de que a família voltasse para o apartamento de um segundo para o outro, ele abrira as gavetas e os móveis com rapidez, pegara tudo que podia, jogara o resultado do saque em um saco de juta e correra, arfando, de um cômodo para o outro. No quarto, abrira a gaveta de baixo com tamanha força que, por causa do choque, o pingente guardado no fundo tinha sido expulso da gaveta e caído no buraco atrás dela. E havia ficado escondido ali desde então.

A cidade está dormindo. No quarto, Louis ajuda Eugénie a colocar as pesadas gavetas da cômoda no lugar. Eles não dizem nada. Sentada na cama, a velha mulher acaricia o pingente e o observa.

Depois de colocar a última gaveta de volta, Louis e Eugénie se levantam.

— Obrigada, Louis.

— Boa noite, senhoras.

O homem vai embora discretamente. Louis chegou à casa dos Cléry alguns dias depois do roubo. O clima não era de confiança e, durante meses, a família analisou os gestos do novo empregado temendo que ele também traísse a confiança deles. Os meses se tornaram anos e Louis ficou. Discreto e fiel, sem um olhar ou uma palavra a mais, ele era o tipo de empregado que tranquilizava os burgueses com a ideia de que certos homens foram feitos para servir.

Eugénie vai se sentar ao lado da avó. No quarto, o perfume do avô já se dissipou. Poderia acreditar que ele havia ido embora se seu corpo não estivesse tão pesado ainda. Normalmente, sempre que eles vão embora, Eugénie recupera a vitalidade, como se devolvessem a energia que haviam pegado dela. Mas o mesmo peso ainda está sobre seus ombros e ela fica sentada, apoiada com as duas mãos na beira da cama.

Nos quartos vizinhos, os outros dormem. Por sorte, a confusão não acordou o restante da casa.

Com o rosto debruçado sobre o pingente, a velha mulher respira fundo e decide falar.

— Como você sabia?

— Tive um pressentimento.

— Pare de mentir, Eugénie.

A moça fica impressionada ao ver aquele rosto raivoso encará-la. É a primeira vez que vê a avó olhar para ela com outro sentimento que não carinho e boa vontade. Ela, sobretudo, reconhece o pai naqueles traços. O homem e sua mãe têm a mesma expressão de reprovação, de tamanha severidade que destrói qualquer um.

— Faz anos que observo você. Não digo nada, mas vejo. Você olha para coisas que não estão ali. Fica parada como se falassem com você com desdém. E voltou a fazer isso há pouco. Você estava paralisada. Depois, do nada, abriu o móvel como se estivesse possuída e encontrou a joia pela qual choro há vinte anos. Não me diga que foi só um pressentimento!

— Não sei o que mais posso dizer, vovó.

— A verdade. Tem algo em você. Sou a única desta casa a enxergá-la de verdade. Não pode ignorar isso.

Eugénie baixa os olhos. Contra os quadris, seus dedos apertam e torcem a saia malva de crepe de lã. Ela sente o perfume mais uma vez, como se seu avô tivesse apenas se ausentado por um instante, só até que a emoção presente no quarto abrandasse, para voltar naquele momento em que a conversa exige. Agora ele está sentado à direita da neta. Ela sente sua silhueta magra e esguia, seu ombro quase tocar o dela. Vê suas pernas dobradas na beira da cama, suas mãos longas e enrugadas pousadas sobre as coxas. Ela não ousa virar a cabeça e olhar para o espírito. Ele nunca esteve tão perto.

"Diga que estou olhando por ela."

Eugénie balança a cabeça com indecisão e aperta com mais força o tecido do vestido. Ela sabe o que vem a seguir. É como uma caixa que ela abriria em plena luz e cuja verdadeira profundidade ela ignora. O que esperam dela não é uma confidência, e sim uma confissão. A avó exige dela uma sinceridade que talvez não esteja pronta para ouvir. Mas ela não vai deixar Eugénie sair do quarto sem uma declaração. Então o que poderia dizer: a verdade ou a invenção? Muitas vezes, a verdade não é melhor que a mentira. Aliás, não é entre as duas que se escolhe, e sim entre suas respectivas consequências. No caso de Eugénie, é melhor manter o silêncio e quebrar a confiança que a avó lhe dá que fazer aquela revelação na casa familiar e esperar não provocar uma tempestade.

Mas ela está exausta. Tantos anos reprimindo as visões tiveram um preço alto. Tudo que ela aprendeu recentemente é um saber bem-vindo, mas também incômodo. E, naquela noite, depois de encontrar o pingente, a insistência legítima da velha senhora e o cansaço a dominam. Eugénie olha para a avó e todo o seu peito se ergue para falar.

— Foi o vovô.

— O que quer dizer com isso?

— Eu sei que parece absurdo. Mas o vovô está aqui. Sentado à minha direita. Não estou imaginando. Sinto o perfume dele, o vejo como vejo a senhora, o ouço como a mim mesma, em minha cabeça. Foi ele que me avisou sobre o pingente. E era ele que estava me dizendo há pouco que olha pela senhora.

A velha mulher, tomada pela tontura, sente a cabeça cair para trás. Eugénie pega suas mãos para puxá-la para mais perto e olha direto em seus olhos.

—- A senhora queria saber a verdade e eu estou dizendo. Vejo o vovô desde os doze anos. Ele e outros. Mortos. Nunca tive coragem de contar, por medo de que meu pai mandasse me internar. Estou confessando isso hoje, vovó, com toda a confiança e o amor que tenho pela senhora. Não estava errada quando viu alguma coisa em mim. Todas as vezes que a senhora me pegou com um olhar diferente, eu estava vendo alguém. Não tenho nada, não sou doente, porque não sou a única a vê-los. Existem outras pessoas iguais a mim.

— Mas como… como você sabe…? Como isso é possível?

Sem soltar as mãos febris da avó, Eugénie se ajoelha na frente dela. A apreensão a deixou. Então ela fala com a confiança que lhe é característica, recomposta; à medida que se entrega, uma esperança e um otimismo a fazem sorrir.

— Há pouco li um livro, vovó. Um livro maravilhoso. Ele me esclareceu tudo. A existência dos espíritos, que está longe de ser mentira, a presença deles entre nós, a existência de pessoas que agem como intermediárias e muitas outras coisas. Não sei por que Deus quis que eu fosse como elas. Carrego esse segredo há tantos anos... Esse livro me revelou para mim mesma. Finalmente tenho certeza de que não sou louca. A senhora acredita em mim, vovó?

O rosto da senhora está paralisado. É difícil dizer se gostaria de fugir do que está ouvindo ou se quer tomar a neta nos braços. Já Eugénie se sente incomodada depois da confissão. Nunca sabemos realmente se fizemos bem em revelar nossa verdade. Aquele momento de honestidade, tranquilizador na hora, se transforma rapidamente em arrependimento. Ficamos tristes por ter confiado nele. Por ter nos deixado levar pela necessidade urgente de falar. Por ter confiado no outro. E esse arrependimento nos faz prometer não fazer aquilo de novo.

Mas Eugénie fica surpresa ao ver a avó se inclinar na direção dela e abrir os braços para envolvê-la. Seu rosto, apoiado no dela, está molhado de lágrimas.

— Minha neta... Eu sempre soube que você tinha alguma coisa de diferente.

Os últimos dias de fevereiro correm sem problemas. Desde aquela ocasião, as duas mulheres não voltaram a falar do que aconteceu. Como se a conversa delas pertencesse àquela noite e não devesse ser mencionada de novo, por medo de que tomasse forma de verdade, de que se tornasse concreta, tanto para uma quanto para a outra. Eugénie achava que aquela confissão a tranquilizaria. Mas, desde aquela noite, uma sensação incômoda da qual não é capaz de se livrar a acompanha. Ela não consegue explicar isso a si mesma. Mas nada mudou em sua avó — nem o comportamento, nem o olhar. A velha senhora continua deixando que ela a ponha na cama à noite, sem fazer mais perguntas. A ausência de curiosidade impressiona Eugénie. Ela imaginava que a avó ia querer saber mais sobre as visitas do marido, que talvez até pedisse para falar com ele ou ao menos ouvir o que ele tinha a dizer. Mas não. Uma indiferença voluntária. Como se ela não quisesse saber mais sobre aquele mundo.

O mês de março chega e os primeiros raios de sol penetram o salão espaçoso. A madeira envernizada dos móveis, as cores vivas das tapeçarias, o dourado dos quadros parecem ganhar vida sob aquela luz doce e bem-vinda. Em Paris, a neve quase derreteu. Ainda há pequenos montes nos gramados dos parques e ao longo das trilhas. A cidade parece mais leve e os rostos parisienses recuperam a alegria sob o céu e as avenidas livres. Até o pai, tradicionalmente solene, demonstra naquela manhã um humor mais gentil.

— Eu queria aproveitar o clima ensolarado para irmos a Meudon. Tenho que buscar umas coisas lá. O que você acha, Théophile?

— Certo...

— E você, Eugénie?

Eugénie, surpresa com aquela conversa cordial, tira os olhos da xícara de café. A família está reunida em torno do café da manhã: a mãe passa manteiga em uma torrada em silêncio, a avó toma um chá preto acompanhado de biscoito e o pai degusta uma omelete. Apenas Théophile não toca no que foi servido à mesa. Mantém os olhos baixos, voltados para a xícara do café já frio, as mãos nas coxas e a mandíbula travada. Atrás dele, a janela deixa entrar um raio de sol que dá um tom arroxeado a suas mechas ruivas.

Eugénie interroga o pai com os olhos. Não é costume o anfitrião incluir a filha nas atividades fora de casa. Elas são reservadas a Théophile. No entanto, da cabeceira da mesa, o pai a observa com tranquilidade. Talvez a ausência de conflitos nos últimos tempos tenha contribuído para acalmar seu humor. Talvez, agora que sente a filha dócil como sempre quis, ele aceite falar com ela.

— Um passeio ao ar livre vai fazer muito bem a você, Eugénie.

Diante dela, a avó a incentiva com um aceno de cabeça. O indicador e o polegar erguem a asa da xícara de porcelana. A jovem tinha planejado voltar à loja de Leymarie. Havia decidido perguntar a eles se estavam procurando alguém para arrumar os livros, ajudar na publicação de *La Revue Spirite* ou até varrer o estabelecimento; qualquer desculpa para sair e voltar até lá. A excursão terá que esperar até o dia seguinte. Está claro que ela não pode recusar a proposta do pai justificando que precisa ir a uma livraria esotérica.

— Com prazer, papai.

Eugénie toma mais um gole de café. O humor alegre do pai a surpreende e a deixa feliz. Mas ela não nota, à direita, a mãe enxugar, com a ponta do guardanapo, uma lágrima que corre por sua bochecha.

A carruagem margeia o Sena. Nas ruas, os cascos dos cavalos batem sobre os paralelepípedos em um ritmo determinado. Percorrendo as calçadas, cartolas e chapéus floridos se desafiam acima das cabeças que passam, silhuetas de casais, ainda cobertas de casacos quentes, passeiam pelos cais e pontes que atravessam o rio. Atrás do vidro, Eugénie observa a cidade retomar suas atividades. Ela se sente mais calma. O céu claro que paira sobre os telhados cinza-azulados, o passeio imprevisto com o pai e o irmão, a perspectiva da nova vida que a espera do outro lado do rio acalentam gentilmente a viagem. Ela enfim encontrou seu lugar sem que isso fosse imposto a ela. É uma pequena vitória que a anima e a tranquiliza, uma vitória que ela não menciona nem demonstra, porque vitórias interiores não podem ser compartilhadas.

Com o rosto voltado para a janela, ela não nota a expressão preocupada do irmão, sentado à sua direita. Théophile também olha para a cidade. Todo bairro que atravessam os leva para mais perto de seu destino. À esquerda, a prefeitura acabou de ser vista. Ele agora distingue a Île Saint-Louis diante dele. Depois que a Ponte de Sully for atravessada, o veículo vai margear o Jardim das Plantas e seu zoológico de animais selvagens, e então eles terão chegado. Théophile leva o punho fechado à boca e olha rapidamente para o pai. Sentado diante dos dois filhos, as mãos pousadas sobre o punho de uma bengala que ele mantém reta entre as pernas, o homem tem o rosto voltado para baixo. Sente o olhar do filho lhe interpelar, mas não quer responder.

Se não estivesse concentrada em suas reflexões, Eugénie teria notado o clima austero que pesa no espaço estreito e abafado desde que saíram de casa. Teria visto o rosto triste do irmão e a rigidez do pai e ficaria surpresa com a ideia de que um simples passeio fora de Paris pudesse suscitar um clima tão tenso. Também teria notado que Louis não segue o caminho normal, que, em vez de subir na direção do Jardim de Luxemburgo, ele está margeando o Jardim das Plantas na direção do Boulevard de l'Hôpital.

É quando a carruagem para de repente que Eugénie sai do torpor. Ela se vira para o pai e o irmão e percebe seus olhares estranhos, um misto de seriedade e preocupação. A voz de seu pai soa antes que ela tenha tempo de falar:

— Vamos sair agora.

Abalada, Eugénie desce da carruagem, seguida pelo irmão. Ao pôr os pés no chão, ela ergue os olhos para a construção imponente diante deles. Em ambas as pontas do arco aberto da entrada, duas colunas de pedra se erguem sob a fachada. Abaixo dela, gravado na pedra, está o lema: "Liberdade, Igualdade, Fraternidade". No meio, letras maiúsculas pretas em uma superfície branca: "Hospital de la Salpêtrière". Sob a arcada, pode ser distinguido ao longe, no fim de um corredor calçado, um monumento ainda mais esmagador, que parece engolir todo o espaço ao redor, sobre o qual se ergue um domo solene cor de ébano. O enjoo domina Eugénie. Sem que tenha tempo de se virar, ela sente a mão do pai se fechar sobre seu braço.

— Não discuta, minha filha.

— Pai... Não estou entendendo.

— Sua avó me contou tudo.

A jovem fica zonza. Suas pernas cedem sob seu peso e ela sente uma segunda mão, mais gentil, a do irmão mais velho, pegar seu outro braço. Eugénie volta o rosto para o pai, abre a boca para falar, mas não consegue. O pai olha para ela com calma — e aquela calma a aterroriza mais que a violência com que ele sempre lidou com ela.

— Não tenha raiva da sua avó. Ela não podia guardar esse segredo.

— Estou dizendo a verdade, eu juro...

— Não me importa se é verdade ou mentira. As coisas de que você falou não têm espaço na nossa casa.

— Eu suplico, me expulse de casa, me mande para a Inglaterra, para qualquer lugar, menos aqui.

— Você é uma Cléry. Aonde quer que vá, carregará meu nome. Só aqui você não vai desonrá-lo.

— Papai!

— Agora já chega!

Eugénie volta os olhos assustados para o irmão. Sob os cabelos ruivos, seu rosto nunca esteve tão pálido. Ele trava a mandíbula e não tem coragem de olhar para a irmã.

— Théophile...

— Desculpe, Eugénie.

Atrás dele, parado na pequena praça pavimentada, Eugénie vê Louis. Sentado no lugar do cocheiro, a cabeça baixa, o empregado não observa a cena. A jovem se sente atraída para dentro do hospital. Quer resistir, mas não consegue. Sabendo que lutar é inútil, seu corpo já desistiu. Suas pernas voltam a abandoná-la e os dois homens dobram os esforços para carregá-la. Em uma última tentativa, suas mãos agarram o sobretudo do pai e o do irmão, e é com uma voz enfraquecida, uma voz de quem toda a esperança já foi retirada, que ela se expressa:

— Aqui não... Eu imploro... Aqui não...

Eugénie já se deixa arrastar. Por todo o longo corredor central margeado por árvores sem folhas, suas botas batem contra os paralelepípedos. Sua cabeça está caída para trás, o chapéu de flores que tinha escolhido para a ocasião caiu no chão. Com o rosto voltado para o céu azul, ela sente os raios de sol a ofuscarem e acariciarem docemente suas bochechas.

5

4 de março de 1885

Do outro lado das paredes, um clima de festa tomou o dormitório: as fantasias chegaram. Entre as camas, uma confusão pouco habitual ganha forma. Todas se agitam, exclamam, correm para a entrada do cômodo, na direção das caixas já abertas, as mãos loucas mergulham nos tecidos, apalpam os babados, acariciam as rendas com a ponta dos dedos. Os rostos se maravilham diante das cores dos tecidos, os ombros se empurram para escolher a roupa de sua preferência, os corpos desfilam com as fantasias escolhidas. Umas riem, outras dão gargalhadas, e de repente o lugar não parece mais um hospital para alienadas, e sim um quarto cheio de mulheres que selecionam seu visual para a grande noite. Todo ano é a mesma agitação.

O baile da mi-carême — o "baile das loucas", para a burguesia parisiense — é o evento do mês de março. Aliás, o evento do ano. Nas semanas que o precedem, elas não pensam em mais nada. As internas começam a sonhar com ornamentos, orquestras, valsas, luzes, encontros de olhares, corações repletos, aplausos. Imaginam os convidados que virão para a ocasião, a elite parisiense feliz em poder estar ao lado daquelas loucas, e as loucas felizes por ser finalmente vistas, pelo menos por algumas horas. A chegada das fantasias, duas ou três semanas antes do baile, sela o clima de entusiasmo. Em vez de excitar os nervos frágeis e instáveis, a atmosfera nunca fica tão tranquila quanto nessa época. Atrás daqueles muros de tédio, enfim há algo para distrair o espírito. Elas costuram, retocam pregas, experimentam sapatos, procuram calçados do seu tamanho, se ajudam a experimentar os vestidos, improvisam desfiles entre as fileiras de camas, admiram o penteado no reflexo dos vidros, trocam acessórios e, enquanto se envolvem com todos os preparativos, ignoram as velhas senis agachadas em um canto do dormitório, as deprimidas prostradas em suas camas, as indiferentes que não compartilham do espírito de festa, as ciumentas que não acharam uma roupa a seu gosto — sobretudo, esquecem os problemas, as dores físicas, os membros paralisados, as lembranças das pessoas que as levaram até ali, os próprios filhos cujos rostos não lembram mais. Esquecem o choro das outras, o cheiro de urina das que foram esquecidas, os gritos que às vezes surgem, o piso frio e a espera interminável. A perspectiva daquele baile à fantasia tranquiliza os corpos e acalma os rostos. Finalmente elas podem ter esperança em alguma coisa.

No meio da agitação do dormitório, as enfermeiras se distinguem pelas roupas imaculadas. Parecidas com as peças brancas de um jogo de xadrez, elas se movimentam pelos quadrados do piso da esquerda para a direita, na diagonal e na horizontal, garantindo que a empolgação em torno das fantasias não seja exagerada. Afastada, rígida como a peça principal do jogo, Geneviève supervisiona também o bom andamento da distribuição.

— Sra. Geneviève?

A intendente se vira. Atrás dela, está Camille. De novo. Os cabelos castanho-avermelhados mereciam ser penteados. Ela também deveria estar com uma roupa mais quente: uma simples camisola transparente lhe serve de vestimenta. Geneviève ergue o dedo em sinal de recusa.

— Camille, não.

— Um pouquinho de éter, sra. Geneviève. Tenha pena de mim.

As mãos da mulher tremem. Desde que uma de suas crises foi tratada com éter, Camille não para de pedir o produto. A crise foi relativamente violenta e nada parecia conseguir tirá-la dela. Uma enfermeira lhe administrou éter em uma dose um pouco mais elevada que a normal. Camille passou cinco dias vomitando e desmaiando, até se recuperar e pedir mais.

— Louise pôde usar da última vez. Por que não eu?

— Louise estava em crise.

— Eu também tive outras crises e a senhora não me deu!

— Você não precisou. Saiu de lá rápido.

— Então um pouco de clorofórmio. Por favor, sra. Geneviève...

Uma enfermeira se aproxima a passos rápidos.

— Sra. Geneviève, estão chamando você na entrada. Uma moça nova.

— Já vou. Camille, vá escolher uma fantasia.

— Não gostei de nenhuma delas!

— Pior para você então.

Na entrada do hospital, dois residentes pegam o corpo desmaiado de Eugénie. Ao lado deles, o pai e o irmão lançam um olhar rápido ao local que estão vendo pela primeira vez. O que surpreende à primeira vista não é tanto o espaço da recepção, relativamente estreito, mas o corredor diante dele, de onde Geneviève chega: um túnel profundo, interminável, capaz de aspirar alguém e levá-lo para não se sabe onde. Os saltos de seus sapatos ecoam pelo teto arqueado. Ao longe, gemidos de mulher são ouvidos, mas todos se recusam a prestar um pouco mais de atenção. Não por indiferença, mas por fraqueza.

Um dos residentes que carregam Eugénie fala com Geneviève:

— Quer que a deixe no dormitório?

— Não. A agitação está grande demais. Coloque-a no quarto de sempre.

— Está bem.

Théophile fica paralisado. Ele observa o corpo inconsciente da irmã, aquele corpo que ele arrastou à força, sob a pressão do pai, até fazê-lo desmaiar, carregado por desconhecidos por todo aquele corredor sem fim, no fundo daquele hospital sem vida. A cabeça coberta pelos cabelos escuros, caída para trás, balança da esquerda para a direita enquanto ela é carregada. Há menos de uma hora, ela tomava café tranquilamente à mesa com eles. Não imaginava que sua manhã terminaria ali, no La Salpêtrière, como uma louca qualquer — ela, Eugénie Cléry, sua irmã. Não, eles nunca foram próximos. Théophile respeitava a irmã sem ter uma verdadeira afeição por ela. Mas vê-la daquela maneira, carregada como um saco incômodo, enganada pela própria família, arrancada de sua casa para acabar naquele lugar maldito, o inferno para mulheres no meio de Paris, o atinge com uma força que ele nunca sentiu. Dominado por uma contração viva no estômago, ele sai correndo e deixa o pai para trás. Desconcertado, o homem estende a mão para Geneviève.

— François Cléry. Sou o pai. Desculpe meu filho, não sei o que deu nele.

— Sra. Gleizes. Venha comigo.

* * *

Em um escritório modesto, François Cléry, sentado em uma cadeira, assina documentos com uma pena. Sua cartola está pousada sobre a mesa. Uma única janela, condenada há anos, deixa entrar a luz do dia. No meio do feixe que atravessa o cômodo do vidro ao piso, a poeira gira sobre si mesma. Partículas brancas e cinza se acumularam sobre a escrivaninha e o armário aberto, de onde transbordam centenas de papéis e pastas. Um cheiro de madeira apodrecida e umidade habita o cômodo.

— O que o senhor espera que façamos pela sua filha?

Geneviève está sentada diante dele. Observa o homem que está internando a filha naquele dia. François Cléry para de escrever.

— Com toda sinceridade, não espero que ela seja curada. Não é possível curar ideias místicas.

— Sua filha já teve alguma crise? Febre, desmaios, contrações?

— Não. Ela é normal... Só que, como expliquei, ela afirma que vê os mortos. Há anos.

— O senhor acha que ela está dizendo a verdade?

— Minha filha tem defeitos... mas não é mentirosa.

Geneviève percebe que o homem tem a mão úmida. Ele pousa a pena sobre a folha, passa o braço sob a mesa e enxuga a palma da mão no tecido da calça. Os botões do terno parecem apertá-lo. Sob o bigode grisalho, seus lábios tremem. É raro, para aquele tabelião famoso e imperturbável, ter que se esforçar para manter a compostura. As paredes do hospital desestabilizam quem quer que entre ali, começando pelo homem que vem deixar a filha, ou a esposa, ou até a mãe. Geneviève já perdeu a conta dos homens que viu se sentarem naquela cadeira: operários, floristas, professores, farmacêuticos, comerciantes, pais, irmãos, maridos — sem a iniciativa deles, o La Salpêtrière sem dúvida não estaria tão lotado. Claro, algumas mulheres já trouxeram outras — mais sogras que mães, às vezes tias. Mas a maioria das alienadas foi trazida por homens que tinham o mesmo sobrenome que elas. É de fato o destino mais triste: sem marido, sem pai, nenhum outro apoio existe, nenhuma consideração é dada à sua existência.

O que surpreende Geneviève nesse caso específico é o meio social do homem diante dela. Normalmente os burgueses têm horror à internação da esposa ou da filha. Não porque tenham uma noção de ética superior e considerem imoral prender suas mulheres contra a vontade delas. E sim porque uma internação divulgada nos salões mancharia para sempre a reputação do patriarca. Ao sinal de qualquer manifestação de desordem mental sob os lustres de cristal, as burguesas são rapidamente tratadas e conduzidas a um quarto trancado a chave. Um tabelião vir até o La Salpêtrière para internar a filha é extremamente atípico.

Cléry entrega os papéis assinados a Geneviève. Ela olha rapidamente para os documentos, depois observa o homem.

— Posso fazer uma pergunta?

— Fique à vontade.

— Por que internar sua filha, se o senhor não espera que ela receba tratamento? Não somos uma prisão. Nós trabalhamos para curar as pacientes.

O tabelião pondera. Então se levanta da cadeira e põe a cartola com um gesto decidido.

— Ninguém fala com os mortos sem que o diabo tenha feito alguma coisa. Não quero isso na minha casa. Aos meus olhos, minha filha não existe mais.

O homem se despede de Geneviève e sai da sala.

* * *

O fim do dia cai sobre o jardim silencioso do hospital. É um jardim como outros em Paris, apenas com mais mulheres que a média. No inverno, cobertas por casacos de lã grossos ou capas com capuz, elas percorrem os corredores pavimentados, sozinhas ou em duplas, os passos lentos e monótonos, aproveitando o fato de estarem ao ar livre, apesar do frio que paralisa seus dedos. Nos dias bonitos, os gramados e as plantas voltam a ganhar brilho e atividade. Com os vestidos espalhados pela grama, as loucas fecham os olhos sob o sol, jogam migalhas para os pombos. Outras, pouco dispostas a alimentar bichos sujos, vão se isolar ao pé de uma árvore e evocam tudo que não têm coragem de dizer nos dormitórios. Longe dos olhos das vigias, elas trocam confidências, se consolam, se beijam as mãos, os lábios, o pescoço, tocam rostos, seios, coxas, se deixam embalar pelos pios dos pássaros, trocam promessas para quando saírem dali — porque aquela estadia é temporária, não é? A vida delas não será passada ali, não é possível, um dia os portões pretos da entrada vão se abrir diante delas e elas voltarão a caminhar pelas calçadas de Paris, como antes...

Perto das trilhas sombreadas, uma capela vela o jardim e as transeuntes. O edifício santo se impõe em largura e altura diante das outras construções do hospital. Aonde quer que se vá, é sua cúpula que todos veem: na curva de uma trilha, acima das copas verdejantes, através de uma janela, ela está ali, como se nos seguisse, suntuosa e espessa, carregada de orações, confissões e missas rezadas dentro dela.

Geneviève nunca passou por aquelas portas de madeira púrpura. Quando atravessa o pátio para ir de uma ala a outra, ela margeia a imensa pedra com indiferença — às vezes até com desprezo. A menininha católica, arrastada à força até a igreja todo domingo durante a infância, sempre recitou as orações com desdém. Desde que ela se lembra, tudo que envolvia direta ou indiretamente aquele lugar lhe dava horror: os bancos grosseiros de madeira, o Cristo morrendo na cruz, a hóstia forçada sobre sua língua, as cabeças baixas dos fiéis em oração, as frases moralizantes destiladas na mente de todos como um pó benfeitor. Todos escutavam aquele homem que tinha autoridade sobre os moradores do vilarejo só porque usava um barrete e ficava de pé no altar. Todos choravam por um crucificado e rezavam para seu pai, identidade abstrata que julgava os homens na terra. O conceito era grotesco. O absurdo daqueles desfiles a fazia praguejar em silêncio. A única coisa que impedia aquela menina loira e normalmente comportada de expressar sua revolta instintiva era o pai. O médico tinha o respeito de vários vilarejos do entorno. Teria sido malvisto se sua filha mais velha se recusasse a ir à missa. No interior, a igreja tinha um lugar importante, muito mais que na cidade. Nos vilarejos em que todos se conhecem, é inimaginável pensar diferente ou ficar em casa nas manhãs de domingo. Além disso, havia Blandine. Sua irmãzinha, dois anos mais nova, uma boneca diáfana, ruiva e magra. Ela era uma verdadeira devota. Tudo que a irmã mais velha execrava em silêncio, Blandine adorava. Como se tivesse fé pelas duas. A piedade que sentia desde a mais tenra idade havia convencido Geneviève a manter suas críticas em segredo. Ela amava a irmã mais nova. Inclusive admirava sua devoção, da qual ela mesma era incapaz. Teria sido mais fácil para ela acreditar em Deus. Sentia-se excluída, e a raiva interior que precisava calar a cansava. Ao observar Blandine, cujo amor por Deus, paradoxalmente, parecia torná-la mais madura, Geneviève tinha tentado mudar sua mente, inverter suas ideias, forçar uma crença — mas era mais forte do que ela. Não apenas ela era incapaz de fazer isso, mas, quanto mais pensava no assunto, mais tinha certeza: Deus não existia. A Igreja era uma fraude. E os padres, impostores.

Aquela raiva surda que a acompanhava desde a infância havia sido multiplicada por dez com a morte brutal de Blandine. Geneviève tinha dezoito anos. Depois de passar a adolescência ajudando o pai em suas consultas, a vocação para a enfermagem se revelara naturalmente. A jovem era alta e caminhava com ar confiante. O rosto quadrado e orgulhoso era acompanhado por um coque loiro que ela usava todos os dias. Seu olhar inteligente podia diagnosticar com precisão qualquer doença, muitas vezes antes do pai, tanto que os pacientes acabavam chamando por ela e não pelo patriarca. Ela havia lido e assimilado todos os livros de medicina à disposição na casa, e fora neles que finalmente encontrara sua fé. Ela acreditava na medicina. Aderira à ciência. Era ali que depositava sua convicção. Não tinha nenhuma dúvida: seria enfermeira, mas não na Auvérnia — ela sonhava com Paris. Era lá que os grandes médicos exerciam a profissão, lá que a ciência avançava, lá que era preciso estar. A ambição a havia incentivado, apesar da relutância dos pais, e ela esgotara suas economias para chegar até a capital. Alguns meses depois, uma carta do pai informara sobre o enterro de Blandine, "acometida por uma tuberculose terrível". Geneviève havia largado a pequena folha de papel e desabado no quarto modesto que ocupa até hoje. Tinha voltado a abrir os olhos no fim do dia e passado a noite chorando. Com certeza não havia um Deus. Se existisse e aplicasse a justiça na terra, ele nunca teria deixado morrer uma fiel fervorosa de dezesseis anos e deixado viva uma ímpia que sempre recusara seu nome.

Desde então, Geneviève tinha decidido dedicar a vida a cuidar dos outros e a contribuir, o máximo possível, com os avanços da medicina de seu tempo. Ela admirava mais os médicos do que jamais admirara qualquer santo. Tinha encontrado seu lugar ao lado deles, um lugar modesto, reservado, mas ainda assim indispensável. Seu trabalho, sua precisão, sua inteligência tinham lhe rendido o respeito daqueles homens. Pouco a pouco, sua reputação tinha se formado no La Salpêtrière.

Geneviève não era casada. Um jovem médico havia pedido sua mão em casamento dois anos depois de sua chegada a Paris e ela recusara. Parte dela havia morrido com a irmã. A culpa que sentia a impedia de aceitar tudo que a vida lhe oferecia. Tinha o privilégio de exercer uma profissão que amava. Desejar mais teria sido arrogância. Como a irmã nunca tivera a chance de se tornar esposa e mãe, Geneviève acreditava que aquilo lhe era proibido.

A intendente põe a chave na fechadura. No pequeno quarto frio e escuro, Eugénie está sentada em uma cadeira, de costas, ao lado da cama. Tem os braços cruzados na altura do peito e os cabelos castanhos e finos caem nas costas. Ela observa um canto do quarto sem se mexer. A abertura da porta não a incomoda. Geneviève observa a nova alienada por um instante, sem saber qual será o humor dela, e dá alguns passos para colocar sobre a cama uma bandeja com uma tigela de sopa e duas fatias de pão seco.

— Aqui está seu jantar. Eugénie?

A moça não se mexe. Geneviève hesita em se aproximar e considera mais prudente voltar à porta.

— Você vai ficar aqui neste quarto esta noite. Amanhã vai tomar café da manhã no refeitório. Meu nome é Geneviève. Sou eu que supervisiono a ala.

Eugénie se vira ao ouvir o nome de Geneviève. Ela observa a intendente com seus grandes olhos escuros, cercados de olheiras, depois esboça um sorriso tranquilo.

— É muita gentileza sua, senhora.

— Você sabe por que está aqui?

Eugénie encara a mulher de coque loiro que não tem muita coragem de se afastar da porta. Pensa por um instante, depois baixa o olhar para suas botas.

— Não tenho raiva da minha avó. No fim, ela me libertou sem querer. Não preciso mais viver escondida. Agora todos sabem quem eu sou.

Geneviève mantém a mão na maçaneta, encarando a moça. Não está acostumada a ouvir uma alienada falar de maneira tão articulada, tão clara. Na cadeira, Eugénie mantém os braços cruzados e o corpo levemente inclinado para a frente, como se um cansaço repentino se abatesse sobre ela. Depois de um instante, a jovem volta a erguer o rosto para Geneviève.

— Não vou ficar muito tempo aqui, sabia?

— Não é você quem decide.

— Eu sei. É a senhora. A senhora vai me ajudar.

— Bom, viremos buscar você amanhã...

— Ela se chama Blandine. Sua irmã.

Geneviève aperta a mão sobre a maçaneta. Fica imóvel por alguns segundos, depois recupera o fôlego, que lhe escapou por um instante. Eugénie a observa com calma. O mesmo sorriso tranquilo se mantém em seu rosto cansado. Geneviève fica paralisada diante da louca. Eugénie, em suas roupas limpas e distintas, um vestido de moça de família, de repente a faz pensar em uma feiticeira. Sim, essa morena de cabelos compridos é exatamente como as bruxas deviam ser antigamente: carismáticas e fascinantes por fora, perversas e depravadas por dentro.

— Por favor, cale a boca.

— Ela é ruiva, não é?

Eugénie parece observar outra coisa no cômodo escuro. Ela olha para um ponto fixo bem atrás de Geneviève. A intendente sente todo seu corpo ser percorrido por uma descarga de energia. Um tremor toma seu peito, como se um vento frio a dominasse, e piora a cada segundo, até sacudir todo seu tronco e os braços. Instintivamente, em um movimento que ela não controla, suas pernas se viram e saem do cômodo, as mãos assustadas trancam nervosamente a porta e o corpo recua alguns passos no corredor vazio antes de relaxar. Ela se deixa cair para trás, sobre o piso frio.

O relógio marca nove da noite quando Geneviève entra em casa. Seu apartamento minúsculo está imerso na escuridão. Andando a passos lentos, ela tira o casaco com um gesto mecânico, o pousa sobre as costas da cadeira e se senta na cama, que range levemente. As duas mãos agarram a borda do colchão, como se ela tivesse medo de desabar uma segunda vez.

Geneviève não sabe de quanto tempo precisou para erguer o corpo do chão. Depois de cair para trás, encarou a porta que havia acabado de fechar com os olhos arregalados de surpresa e medo. Atrás daquela porta, algo de sombrio e inexplicável tinha acabado de acontecer. Ela não conseguia analisar claramente o que havia se passado. O susto a derrubara e a impedira de pensar com calma. Apenas o rosto de Eugénie lhe vinha à memória — aquele rosto cativante, que não demonstrava nem um cisco da perversão que parecia abrigar. A nova alienada a havia enganado de maneira hábil e perversa, só isso. Quisera rir da cara dela. Tentar desestabilizá-la, apesar de a intendente ignorar exatamente como ela havia criado aquela ilusão. Nesse sentido, era mais perigosa que as outras alienadas do setor. Elas eram, no fundo, apenas pobres loucas, mais perturbadas que fundamentalmente más. Já Eugénie tinha uma cabeça inteligente e cínica. Aquela combinação era perigosa.

Geneviève finalmente encontrara forças para se levantar. A passos rápidos, havia deixado o hospital silencioso, depois subira o bulevar, virara à direita, observando a cúpula do Panthéon se erguer acima dos telhados, e descera a rua devagar, margeando tavernas animadas. Havia passado pelo Jardim das Plantas, onde, há dez anos, desde que a Comuna havia forçado os parisienses famintos a abaterem os herbívoros do zoológico para se alimentar de sua carne, ninguém ouvia mais nenhum grito selvagem escapar das grades do local. Tinha subido pelas pequenas ruas pavimentadas até chegar atrás do Panthéon. Contornara o monumento antes de, por fim, alcançar seu prédio.

Ainda usando o vestido de trabalho, Geneviève se deita na cama e encolhe as pernas. Seu corpo está pesado e sua cabeça, confusa. Pode até tentar se tranquilizar, mas algo estranho, denso, aconteceu naquele quarto. Nunca uma emoção a dominou daquela maneira. Nas raras vezes que isso aconteceu, ela ao menos teve a chance de analisar o que sentia. Após a morte da irmã, depois a da mãe, ela ficara de luto. Quando a alienada em quem via a imagem da irmã a estrangulara um dia, ela sentira uma sensação de traição e tristeza. No entanto, esta noite, Geneviève não consegue definir o que está sentindo. Sim, ela sabe que está sufocando naquele cômodo. As ideias de Eugénie, o fato de ela não se explicar, são como uma porta aberta para um mundo desconhecido, estranho, perturbador. Educada com o raciocínio cartesiano e a lógica científica, Geneviève não está disposta a entender o que "falar com os mortos" quer dizer realmente. Ela não quer mais pensar nisso. Quer esquecer esta noite. Pouco tempo se passa antes que ela adormeça, sem nem se dar o trabalho de acender o aquecedor para esquentar as paredes.

A noite já caiu há muito tempo quando ela acorda de forma brusca. Com um movimento instintivo, se senta na cama e apoia as costas na parede. Seu coração está a ponto de parar de bater. Ela olha em volta para o cômodo opaco. Alguém tocou no ombro dela. Uma mão se estendeu e tocou em seu ombro. Ela tem certeza disso. Seus olhos se acostumam à escuridão e distinguem aos poucos os móveis, as sombras e o teto. Não há ninguém ali. A porta está trancada. Mas ela sentiu o toque.

Geneviève leva a mão ao rosto, fecha os olhos e tenta controlar a respiração. Do lado de fora, a cidade está calma. O apartamento também está em silêncio. O relógio marca duas da manhã. Ela sai da cama, põe um xale nos ombros, acende o lampião a óleo e se senta diante da escrivaninha. Pega uma folha, mergulha a ponta da pena no tinteiro e começa a escrever rapidamente:

Paris, 5 de março de 1885

Minha querida irmã,

A urgência exige que eu escreva para você. São duas da manhã. Não consigo dormir. Bom, na verdade, sim, eu estava dormindo, mas fui acordada. Gostaria de pensar que foi um sonho, mas a sensação que tive foi concreta demais para ser onírica.

Você deve estar se perguntando do que estou falando. Não tenho certeza se sei como explicar o que senti hoje. Está tarde e eu ainda estou abalada demais para analisar meus pensamentos direito.

Me desculpe se esta carta parece confusa ou maluca. Vou contar tudo a você amanhã em mais detalhes, com a cabeça descansada.

Um beijo carinhoso.

Sua irmã que pensa em você com todo o amor

Geneviève pousa a pena e ergue a carta com uma das mãos para levá-la à luz e relê-la. Ela pensa por um instante, depois se afasta da cadeira. Do lado de fora, ao longo dos telhados de zinco, as silhuetas das chaminés se desenham na noite. O céu está claro. A luz da lua ilumina a cidade. Geneviève abre a janela. O frio da noite vem soprar em seu rosto. Ela se aproxima do peitoral com um passo, fecha os olhos, inspira profundamente e então expira.

6

5 de março de 1885

O rangido da fechadura acorda Eugénie. Com um susto, seu corpo se ergue ao pé da cama e seu olhar percorre o cômodo. Por um segundo, ela havia esquecido que estava ali. Naquele hospital para loucas. Uma alienada entre as outras, iludida pela família, arrastada até ali pela mão que, quando criança, ela beijava com medo e respeito.

Ela vira a cabeça para a porta, que se abre, e uma dor toma sua nuca. Eugénie leva a mão ao ombro, fazendo uma careta. A cama austera, a falta de travesseiro e a noite agitada tornaram o sono difícil e seus membros, rígidos.

Uma silhueta de mulher aparece à porta.

— Venha comigo.

Não é a mesma enfermeira de ontem. A voz é mais jovem, com uma autoridade forçada no tom.

Eugénie volta a pensar em Geneviève. A aparência austera da intendente lembra a de seu pai: o mesmo humor contido, o mesmo autocontrole. A única coisa que os distingue é que seu pai é severo por instinto. Já Geneviève adquiriu a característica.

Sua personalidade rigorosa é resultado de trabalho, não de sua natureza. Eugénie pôde ver isso nos olhos dela. Especialmente porque, quando mencionou o nome de sua irmã, entendeu a tristeza que o olhar da mulher carregava.

Eugénie não esperava ver uma entidade aparecer tão rápido, sobretudo naquele contexto. Ela estava sentada, as costas apoiadas na cama, quando Geneviève entrou no cômodo. No mesmo momento em que a intendente passou pela porta, Eugénie percebeu que ela trazia alguém. Uma presença forte, que tinha a intenção de ser vista e ouvida. Eugénie não teve escolha a não ser deixar o cansaço mobilizar seu corpo, mesmo que não tivesse forças para isso — ainda não, não ali, naquele quarto que não era seu, naquele lugar que já a deixava morta de medo. Foi quando Geneviève se apresentou que Eugénie se decidiu a encará-la. Blandine estava ali, de pé, atrás da intendente, no escuro. Eugénie nunca havia visto um espírito tão jovem. Com o rosto redondo e os cabelos ruivos, a falecida lhe lembrou Théophile. Blandine de início não disse nada, deixando Eugénie responder à pergunta que Geneviève havia feito. Depois tinha se expressado:

"Sou a irmã dela, Blandine. Conte a ela. Ela vai ajudar você."

Inclinada para a frente, Eugénie escutou a voz em sua cabeça e quis rir. Aquela situação era absurda. Ainda naquela manhã, sua vida tinha sido transferida do mundo livre para uma prisão. Ela havia acabado de passar o dia entre quatro paredes que mal deixavam a luz entrar, paredes em que seu pai decidira fazê-la passar o resto da vida. E já estava recebendo a visita de uma entidade nova, que prometia que iria ajudá-la. É, ela tinha que rir — seria um riso nervoso, maníaco, cheio de uma emoção tão transbordante que com certeza a teria levado à loucura. Por sorte, ela não tinha forças para rir e se contentou com um mero sorriso. Não sabia se a falecida estava aparecendo para ela ou para a irmã, mas sentiu que seria uma coisa boa — na verdade, que não tinha nada a perder. Ela já havia chegado ao fundo do poço. Então ela falou. E, em uma fração de segundo, Geneviève se descontrolou.

Aquilo devia ter sido muito pesado para uma mulher que não se sentia abalada por nada, que via todo tipo de problema, de dor, de mal que poderia atacar os outros e nunca se sentia afetada por eles porque nunca havia permitido isso. Como a notícia parecia tê-la abalado de maneira profunda, como Eugénie tinha conseguido tocar um ponto que ninguém pudera, talvez houvesse realmente uma possibilidade, por mais incerta que fosse, de fazer aquela mulher aderir à sua causa.

Porque Eugénie só pensava em uma coisa: tinha que sair dali. De qualquer jeito.

No corredor, Eugénie segue a enfermeira, que a leva ao dormitório. Sobre o uniforme branco, um avental preto foi amarrado em torno de sua cintura larga. Na cabeça, preso aos cabelos com presilhas, há um chapéu branco, acessório indispensável para distinguir as enfermeiras das alienadas. O som dos sapatos das duas mulheres ecoa pelo corredor vazio.

Passando pelas janelas em forma de arco, Eugénie descobre a área exterior atrás do vidro. O local parece mais uma pequena cidade que um hospital: fachadas longas de pedra rosa-clara, parecidas com as das mansões mais modestas, estabelecem as alas. No térreo e no primeiro andar, janelas verticais deixam a luz entrar nos corredores e nos cômodos principais — as salas dos médicos ou de exames, provavelmente. No segundo andar, as janelas diminuem e se tornam quadrados, talvez em quartos de isolamento. No último, mansardas abrem espaço no telhado azul-escuro e oferecem uma vista privilegiada para as árvores e as construções. Ao longe se desenha um jardim marcado por trilhas onde se veem transeuntes, mulheres da cidade vestidas de maneira adequada, burgueses conversando tranquilamente, as mãos unidas às costas, como se o que acontece atrás dos muros do complexo importasse pouco para eles ou, pelo contrário, atiçasse sua curiosidade. Arcadas regulares abrem as construções para deixar passar carruagens e diligências, e o barulho dos cascos de cavalo contra os paralelepípedos pode ser ouvido em todos os cantos. Em certos pontos, sob os telhados, a imensa cúpula preta de um monumento solene surpreende e intriga.

Onde quer que ela olhe, não há nenhum sinal claro de loucura. Nos corredores do La Salpêtrière, todos passeiam, se encontram, se movimentam a pé e a cavalo. As ruas e avenidas têm nome, os pátios são floridos. Tamanha tranquilidade reina naquele pequeno vilarejo que quase dá vontade de se instalar em um quarto de um dos pavilhões e montar ali um ninho tranquilo. Como acreditar, diante daquela paisagem bucólica, que o La Salpêtrière é, desde o século XVII, cenário de tanto sofrimento? Eugénie não saberia ignorar a história daquele local. Para uma parisiense, não existe destino pior que ser mandada para o sudeste da capital.

Quando a última pedra da construção fora colocada, a seleção havia começado: primeiro foram os pobres, os vagabundos e os mendigos selecionados seguindo as ordens do rei. Então foi a vez das promíscuas, das prostitutas, das mulheres de vida fácil — todas aquelas "problemáticas" tinham sido levadas em grupos, em charretes, o rosto exposto ao olhar severo da população, seus nomes já condenados pela opinião pública. Depois vieram as inevitáveis loucas, senis e violentas, delirantes e idiotas, mentirosas e conspiracionistas, tanto novas quanto velhas. Logo o local foi tomado pelos gritos e pela sujeira, por correntes e trancas fechadas com duas voltas. Parte manicômio, parte prisão, Paris jogava no La Salpêtrière tudo com que não sabia lidar: os doentes e as mulheres.

No século XVIII, por ética ou falta de espaço, apenas mulheres com problemas neurológicos passaram a ser admitidas no hospital. Um esfregão foi passado no local insalubre, as correntes foram tiradas dos pés das prisioneiras e as celas lotadas foram esvaziadas. Isso sem falar na queda da Bastilha, nas decapitações e na instabilidade feroz que se abateu sobre o país por vários anos. Em setembro de 1792, os *sans-culottes* exigiram a liberação das prisioneiras do La Salpêtrière. A Guarda Nacional atendeu o pedido, e as mulheres, felizes demais por poderem fugir, acabaram estupradas e executadas a golpes de machado, porrete e maça nas ruas. Livres ou presas, no fim das contas as mulheres não estavam seguras em lugar nenhum. Desde sempre, eram as primeiras afetadas por decisões tomadas à sua revelia.

O início do século deixara transparecer um raio de esperança: médicos um pouco mais dedicados assumiram a responsabilidade sobre a ala das que nunca haviam sido deixadas de ser chamadas de "loucas". Avanços na medicina haviam surgido, o La Salpêtrière se tornara um local de tratamento e trabalho neurológico. Toda uma nova categoria de internas se formara nas diversas alas do complexo, chamada de histéricas, epiléticas, melancólicas, maníacas ou dementes. As correntes e os elos deram lugar a experiências feitas em corpos doentes: as compressões nos ovários conseguiam acalmar crises de histeria, a introdução de um ferro quente na vagina e no útero reduzia os sintomas clínicos, os psicotrópicos — nitrito de amila, éter, clorofórmio — acalmavam os nervos das moças, e a aplicação de metais diversos — zinco e ímãs — nos membros paralisados tinha grandes efeitos benéficos.

E, com a chegada de Charcot em meados do século, a prática da hipnose se tornara a nova tendência da medicina. As aulas públicas às sextas-feiras roubaram o destaque dos salões de bulevar, as internas passaram a ser as novas atrizes de Paris e os nomes de Augustine e de Blanche Wittman eram citados com curiosidade às vezes ridicularizadora, às vezes carnal. Porque agora as loucas podiam suscitar desejo. O apelo delas era paradoxal: chamavam atenção para medos e fantasias, horror e sensualidade. Quando, ao ser hipnotizada, uma alienada mergulhava em uma crise de histeria diante do público mudo, muitos tinham a impressão de estar observando mais uma dança erótica desesperada que uma disfunção nervosa. As loucas não causavam mais medo. Elas fascinavam. E fora desse interesse que havia nascido, muitos anos antes, o baile da mi-carême, o baile delas, o grande acontecimento da capital, onde todos que podiam se vangloriar de receber um convite entravam pelos portões de um local normalmente reservado aos doentes mentais. Por uma noite, um pouco de Paris enfim se aproximava daquelas mulheres que esperavam de tudo naquela noite de fantasia: um olhar, um sorriso, uma carícia, um elogio, uma promessa, uma ajuda, uma salvação. E, enquanto elas esperavam, olhos estranhos se fixavam sobre aqueles animais curiosos, aquelas mulheres disfuncionais, aqueles corpos deficientes, e todos falavam das loucas por semanas após as terem visto de perto. As mulheres do La Salpêtrière não eram mais leprosas cuja existência se queria esconder, e sim bobas da corte expostas em plena luz, sem nenhum arrependimento.

* * *

Eugénie para diante de uma janela e observa o jardim e suas árvores mortas. Foi-se o tempo em que mendigas apodreciam no fundo de uma cela e tinham os dedos das mãos e dos pés mordidos por ratos. Foi-se o tempo em que as prisioneiras eram liberadas às centenas, com o único objetivo de ser abatidas na entrada do hospital. Foi-se o tempo em que uma mulher adúltera podia ser presa apenas por ter sido adúltera. O hospital hoje parece tranquilo. Mas os espectros de todas aquelas mulheres ainda não deixaram o complexo. É um lugar carregado de fantasmas, gritos e corpos feridos. Um hospital em que as meras paredes podem tornar uma pessoa maluca, caso já não o seja antes de chegar. Um hospital em que, atrás de cada janela, alguém vigia, alguém vê ou viu.

Eugénie fecha os olhos e inspira profundamente. Ela tem que sair dali.

No dormitório, o clima da manhã surpreende a jovem. Sobre as camas, transbordam tecidos e rendas, plumas e babados, luvas compridas e curtas, chapéus e mantilhas. As alienadas retomaram as atividades da véspera e trabalham com empolgação, costuram e remendam pregas, desfilam em fantasias multicoloridas, fazem os vestidos rodarem, brigam por um pedaço de chiffon. Veem-se algumas rirem às gargalhadas diante de alguém com um chapéu maluco e outras se lamentarem por não terem achado nada a seu gosto. Com exceção de algumas indiferentes, velhas ou depressivas que acompanham o espetáculo com um olhar blasé, os corpos se movimentam, desfilam, dançam, se esbarram em uma valsa ouvida apenas por elas, e o burburinho incessante de vozes femininas exaltadas é quase embriagante — tanto que, à primeira vista, a impressão é que se está mais em um paraíso para mulheres do que em um hospital.

— Vá se sentar ali.

Diante de Eugénie, a enfermeira aponta para uma cama. A jovem baixa a cabeça e avança em meio àquela exposição de fantasias, tanto impressionada quanto intimidada pela animação festiva em meio a um local tão austero. De maneira discreta, de modo que ninguém a note, ela se senta entre duas camas e recua até que suas costas encostem na parede. O dormitório é imenso. Há pelo menos umas cem mulheres ali. Do outro lado do cômodo, janelas verticais dão para o jardim. Em ambas as pontas, enfermeiras vigiam as alienadas sem participar do clima de festa reinante. Eugénie observa o local, perplexa, e acaba olhando nos olhos de Geneviève. Parada nos fundos do cômodo, à esquerda, ela a encara com desdém palpável. Eugénie desvia o olhar e puxa as pernas para o colchão. Um incômodo a domina. Ela sente que seus movimentos estão sendo observados, analisados, como se fosse obrigatório encontrar nela o mínimo defeito, a menor anormalidade para justificar sua internação. Em torno de Eugénie, corpos se deixam levar pelo entusiasmo, mas é fácil perceber que o sentimento é frágil: um único vacilo poderia fazer tudo desabar e provocar uma histeria coletiva. O clima em parte feliz e em parte desesperado reforça o mal-estar de Eugénie. Entre as fantasias e os chapéus, ela distingue pouco a pouco os braços rígidos, os rostos contraídos por tiques, as expressões melancólicas, as expressões alegres demais, as pernas que mancam sob os vestidos, os corpos apáticos sob os lençóis. Um cheiro rançoso paira no local — uma mistura de etanol, suor e metal que dá vontade de abrir bem as janelas para que o ar fresco e amadeirado do jardim entre. Eugénie olha para seu vestido, que usa desde a manhã anterior: ela daria tudo para poder voltar para casa, se lavar e dormir em seus lençóis. A impossibilidade reforça a realidade de sua situação. Tudo que lhe é conhecido foi brutalmente arrancado dela, sem seu consentimento, e ela nunca mais vai poder recuperar. Afinal, mesmo se conseguisse sair dali — mas como e, sobretudo, quando? —, seria impossível bater na porta da casa de seu pai. A vida como foi até ali, tudo que a constituía, seus livros, suas roupas, sua intimidade agora pertencem ao passado. Ela não tem mais nada. Não tem mais ninguém.

Suas mãos agarram os lençóis e se contraem. Levemente inclinada para a frente, ela fecha os olhos e contém o choro. Não quer perder a compostura — ainda não, especialmente na frente das enfermeiras. A intendente ficaria muito orgulhosa se a visse chorar e pudesse mandá-la de volta para o isolamento.

Uma voz infantil a faz reabrir os olhos:

— Você é nova aqui?

Louise se aproxima de Eugénie. No meio daquele rosto redondo, as bochechas são suavemente rosadas. Todos os anos, a chegada do baile traz à menina uma forte emoção. Todo mês de março, seu rosto recupera o brilho e a cor, para voltar a se apagar no restante do ano. Também como por milagre, nesse período as crises de histeria dela desaparecem, assim como as das outras.

Louise segura contra o peito um vestido vermelho de renda.

— Eu me chamo Louise. Posso me sentar?

— Claro. Eugénie.

Eugénie pigarreia para fazer a tristeza passar. Louise se senta e sorri. Seus cabelos pretos, espessos e cacheados caem em cascata sobre os ombros. Seu rosto doce e jovem e seu jeito infantil reconfortam Eugénie.

— Você já escolheu uma fantasia? Eu vou usar um vestido de espanhola. Tenho tudo de que preciso: a mantilha, o leque, os brincos... É bonito, você não acha?

— Muito.

— E você?

— Eu?

— Sua fantasia.

— Eu não tenho.

— Nossa, você tem que escolher rápido! O baile é daqui a duas semanas!

— De que baile você está falando?

— Meu Deus, o baile da mi-carême! Quando você chegou? Você vai ver, é muito legal. Todas as pessoas chiques de Paris vêm nos ver. Além disso, vou contar um segredo. Não conte a ninguém, está bem? No dia do baile, vou ser pedida em casamento.

— Ah, é?

— Pelo Jules. Um residente. Bonito como um rei. Vou virar mulher dele e sair daqui. Logo vou ser esposa de um médico.

— Não escute as besteiras dela, novinha.

Louise e Eugénie se viram ao mesmo tempo. Sentada na cama vizinha, Thérèse tricota um xale tranquilamente. Louise se levanta com ar descontente.

— Cale a boca! Não é besteira. O Jules vai me pedir em casamento.

— Não me encha o saco com essa história de Jules. As coisas aqui já estão muito agitadas.

— É você que me enche o saco com seu crochê. É cansativo ouvir esse *clique, clique, clique* o dia todo. Não está com os dedos doloridos?

Thérèse cai na gargalhada. Louise, chateada, dá meia-volta e se afasta.

— Coitada da Louise... Ela se anima com qualquer coisa. É uma doença pior que ser maluca. Eu me chamo Thérèse. Todo mundo me chama de Tricoteira, mas detesto esse apelido. É ridículo.

— Eugénie.

— É, eu ouvi. Quando você chegou?

— Ontem.

Thérèse baixa a cabeça. Em sua cama, há vários novelos de lã e alguns xales dobrados com cuidado. A mulher usa uma de suas criações: um xale preto espesso com pontos impecáveis. Thérèse deve ter cerca de cinquenta anos, talvez um pouco mais. Sob o lenço que cobre a cabeça, alguns cabelos grisalhos escapam na testa. A cintura larga e macia e o rosto rabugento, mas sereno, lhe dão um ar sábio e maternal. Ela parece relativamente normal em relação a outras mulheres, apesar de ninguém saber o que é visto como normal. Resumindo: aos olhos de Eugénie, Thérèse não apresenta nenhum sinal aparente de loucura.

A jovem observa as mãos grosseiras da mulher tricotarem com destreza.

— E a senhora? Quando chegou aqui?

— Ah... Eu nem conto mais. Mas faz mais de vinte anos. Com certeza.

— Mais de vinte anos...

— É, minha querida. Mas eu mereci. Olhe.

Thérèse pousa as agulhas de tricô e puxa a manga direita do colete até o ombro. Na parte externa do braço, desenhado em tinta verde e apagado pelo tempo, há um coração furado por uma flecha: "A Momo". Thérèse sorri.

— Eu o empurrei no Sena. Mas ele fez por merecer. E o safado nem morreu.

Thérèse puxa a manga sobre a tatuagem e desdobra o tecido até o punho. Então retoma o tricô tranquilamente.

— Eu era completamente apaixonada por ele. Ninguém me queria. Eu era feia e mancava desde que o bêbado do meu pai me empurrou. Achei que estava ferrada. Então um dia Maurice apareceu. Me prometeu uma vida maravilhosa. Me pegou em seus braços. Mas, obviamente, acabei na rua. Todas as noites. Eu levava um monte de tabefes quando não conseguia dinheiro suficiente, mas não ligava. Não era nada pior do que meu pai fazia. E além disso eu amava Maurice. Dez anos daquela vida. Não havia uma noite em que eu não estivesse na Rue Pigalle. Nenhuma noite passava sem que eu levasse um soco do Momo, de um cliente... Mas, quando meu homem me beijava, eu esquecia tudo. Até o dia em que peguei o safado no flagra. Eu o vi ir até a casa da Claudette. Meu sangue gelou, juro. Depois de tudo que fiz por ele... Fiquei esperando que ele saísse. Segui o cara por um tempão. O safado andou muito. Na Ponte de la Concorde, não aguentei mais. Corri atrás dele e o empurrei. Ele não pesava nada. Era magro como um varapau.

Thérèse para de tricotar e olha sorrindo para Eugénie — um sorriso frio, que anos de resiliência e desinteresse lhe deram.

— Fui algemada na hora. Eu só gritava, você nem imagina. Mas não me arrependo de ter empurrado o cara. Só me arrependo de não ter feito isso antes. Não foram os socos dele que me machucaram, foi o fato de ter deixado de me amar e se apaixonado por outra.

— E faz vinte anos... que não deixam você sair daqui?

— Eu não quero sair.

— Não?

— Não mesmo. Sabe, eu nunca me senti mais tranquila que aqui, cercada de loucas. Os homens me maltrataram. Meu corpo foi destruído. Eu manco, minha perna dói. Sinto dores muito fortes sempre que faço xixi. Tenho uma cicatriz que atravessa todo o meu peito esquerdo, porque tentaram me cortar com uma faca. Aqui me sinto protegida. Só há mulheres aqui. Eu tricoto xales para as meninas. Me sinto bem. Não, nunca mais vou sair. Enquanto os homens tiverem pinto, todo o mal sobre a terra vai continuar existindo.

Eugénie se sente ruborizar e vira o rosto. Não está acostumada a ouvir uma linguagem tão grosseira. Não é tanto o conteúdo que a desestabiliza, e sim a forma. Ela, que cresceu em lugares controlados, onde a única familiaridade autorizada de tempos em tempos era uma gargalhada, protegida contra a miséria e contra toda uma Paris que ela apenas lia nos jornais e nos livros de Zola, agora convive com a outra vertente da capital — a do norte, do marquês de Montmartre às ladeiras de Belleville, onde a imundície, as gírias e os ratos correm pelas sarjetas. Com seu vestido feito sob medida em um alfaiate dos Grands Boulevards, Eugénie se sente terrivelmente burguesa. Apenas aquele vestido, uma roupa simples, a distingue das mulheres dali. Ela sente vontade de tirá-lo.

— Espero que não tenha ficado chocada com o que contei.

— Não, não.

— Veja aquela moça ali. A gordinha, com as mãos na altura do peito. Rose-Henriette. Era empregada na casa de uns burgueses. De tanto ser assediada pelo patrão, acabou cedendo. Está vendo a outra, a que anda na ponta dos pés, a Anne-Claude?

Caiu da escada enquanto fugia dos socos do marido. E a pequena Valentine, com sua trança nos cabelos e o braço que só faz o que quer: agredida por um maluco quando saía da lavanderia. Bom, claro que não temos só mulheres que vêm para cá por causa de homens. Aglaé, a que tem o rosto paralisado, se jogou do terceiro andar depois que a filha morreu. Hersilie, a menina aqui da frente que não se mexe, foi atacada por um cachorro. Além disso, tem as que nunca falaram nada. A gente não sabe nem o nome delas. Enfim, é isso. Um belo retrato para o primeiro dia, não?

Thérèse observa Eugénie enquanto continua a tricotar. A jovem burguesa não lhe parece especialmente louca, mesmo que as loucuras mais profundas não possam ser vistas. Thérèse se lembra de clientes muito respeitáveis, muito comportados na primeira abordagem que, depois que fechavam a porta do quartinho, se revelavam verdadeiros psicopatas. Mas a loucura dos homens não é comparável à das mulheres: os homens a exercem sobre os outros, as mulheres sobre elas mesmas.

Sim, há algo de intrigante naquela morena intimidada — não apenas sua educação e sua classe social, que chamam atenção logo de cara e a separam das demais, mas outra coisa, algo mais profundo. Além disso, a Anciã não ficaria observando com insistência a moça do outro lado do cômodo se já não tivesse visto alguma coisa.

— E você? O que a trouxe até aqui?

— Meu pai.

Thérèse para de tricotar e pousa as agulhas sobre as coxas.

— É mais fácil quando é a polícia que nos traz para cá.

Eugénie não tem tempo de responder, já que um grito se ergue em meio às conversas. Vestidos brancos de enfermeira se precipitam para o centro do dormitório enquanto as alienadas se afastam rapidamente — umas assustadas, outras irritadas com os gritos. Rose-Henriette, de joelhos, os braços cruzados sobre o peito e as mãos contraídas em forma de pinça, tem o corpo tomado de tremores. Com o rosto inclinado para a frente, a mulher na casa dos trinta anos sacode a cabeça com violência e respira em ondas de gritos roucos. As enfermeiras não conseguem erguer suas pernas paralisadas. Geneviève se aproxima, rígida e estoica, empurra as alienadas em seu caminho, tira um frasco do bolso e embebe uma compressa com um pouco de seu conteúdo. Então se ajoelha diante da pobre mulher que não percebe mais nada e aplica a compressa no rosto dela. Alguns segundos e os gritos se acalmam, e o corpo desaba com um baque surdo no chão.

Eugénie olha para Thérèse:

— É mais fácil quando a gente não é trazida para cá.

A crise de pânico de Rose-Henriette fez soprar um vento glacial sobre o dormitório e a tarde passa em um silêncio monótono. Algumas loucas obtêm permissão para ir até o jardim e outras preferem ficar na cama, contemplando silenciosamente suas fantasias e pensando no baile que se aproxima.

O jantar acontece no refeitório. Como todas as noites, uma sopa e duas fatias de pão são servidas com tranquilidade.

Dominada por uma fome repentina, Eugénie raspa a colher no fundo da tigela para pegar os últimos vestígios de sopa. À sua direita, uma mão aparece e lhe entrega uma vassoura. Ela reconhece Geneviève.

— Aqui todo mundo ajuda. Você vai varrer o chão com as outras. Venha me procurar quando tiver acabado. E largue a tigela. Não tem mais nada aí.

Eugénie se levanta sem dizer nada. Por mais de meia hora, os bancos são arrumados, as tigelas retiradas, lavadas, secas, o piso é polido e as mesas de madeira, limpas. Depois de devolver as vassouras e a louça a seu lugar, todas voltam ao dormitório. São oito horas da noite.

Como combinado, Eugénie encontra Geneviève na entrada. O cansaço da moça fez aparecerem olheiras em seu rosto.

— Venha comigo.

As ordens dadas de forma seca, sem explicação, irritam Eugénie. Antes era seu pai, agora é esta enfermeira rabugenta. Será que vão decidir toda sua vida por ela, lhe indicar o caminho a seguir? A jovem trava a mandíbula e acompanha Geneviève pelo corredor por onde chegou na manhã anterior. Do lado de fora, alguns postes que margeiam as trilhas do jardim brilham em meio à escuridão da noite.

Geneviève para diante de uma porta e vasculha seu molho de chaves. Eugénie reconhece a porta do quarto da véspera.

— Vou dormir de novo aqui?

— Vai.

— Mas designaram uma cama no dormitório para mim.

Geneviève põe a chave na fechadura e abre a porta.

— Entre.

Eugénie controla o nervosismo e entra no quarto gelado. Geneviève, como na véspera, se mantém à porta, com a mão na maçaneta.

— A senhora pode ao menos me explicar por quê?

— O dr. Babinski vai examiná-la amanhã de manhã. Ele vai decidir se você deve ficar no isolamento ou não. Enquanto isso, não quero que você assuste as outras com suas histórias de fantasmas.

— Por favor, me desculpe se assustei a senhora ontem.

— Você não me assustou. Não tem esse poder. Mas não ouse mais falar da minha irmã. Não sei como você descobriu o nome dela e não quero saber.

— Foi ela que me disse seu nome.

— Agora cale a boca. Fantasmas não existem, entendeu?

— Fantasmas, não. Espíritos, sim.

Geneviève sente o coração disparar e tenta controlar a respiração. Claro que ela tinha ficado assustada no dia anterior, como estava naquele instante, diante da silhueta escura e imóvel que se mantém de pé ao lado da cama. Até ali, nenhuma alienada a fizera perder o controle. Ela sente suas certezas desaparecerem e precisa de todo seu autocontrole para não deixar nada transparecer.

Geneviève respira fundo e se ouve dizer:

— Seu pai fez bem em internar você.

Na penumbra, Eugénie recebe o golpe em silêncio. Geneviève se arrepende na hora do que disse. Desde quando deseja ferir uma paciente? Não é um hábito seu nem faz parte de sua ética de trabalho atacar os defeitos de outra pessoa. As batidas de seu coração aceleram em seu peito. Ela tem que sair dali naquele instante, deixar aquele cômodo, mas não consegue. Fica parada, indecisa à porta do quarto, como se esperasse alguma coisa e não tivesse coragem de confessar isso a si mesma.

Eugénie se acomoda na beira da cama e observa a cadeira em que se sentou no dia anterior. Um instante passa.

— Então a senhora não acredita em espíritos, sra. Geneviève?

— Claro que não.

— Por quê?

— Porque é absurdo. Vai contra toda a lógica da ciência.

— Se não acredita em espíritos… por que escreveu para a sua irmã durante todos estes anos? Aquelas milhares de cartas que a senhora nunca mandou… A senhora escreve para ela porque, de certa forma, espera, acha que é possível que, no fundo, ela a escute. E ela escuta.

Geneviève se apoia na parede com a outra mão para resistir à tontura.

— Não estou dizendo isso para assustar nem para rir da senhora. Quero fazê-la acreditar em mim para que me ajude a sair daqui.

— Mas… se está dizendo a verdade… se realmente ouve… ninguém nunca vai deixar você sair daqui… É ainda pior!

Eugénie se levanta e segue na direção de Geneviève.

— A senhora já percebeu que eu não estou louca. Não sabe que existe em Paris toda uma sociedade espírita? Cientistas, pesquisadores dispostos a encontrar provas de que há um além? Meu plano era me juntar a essas pessoas antes de meu pai me trazer para cá.

Geneviève olha com espanto para o rosto que a encara. A sinceridade de Eugénie a impede de continuar fingindo. De repente, toda a autoridade habitual, o estoicismo, a rigidez caem a seus pés. Liberada de um peso que não sabia que estava carregando, ela consegue pronunciar a frase que há algum tempo arde em seus lábios:

— Blandine… está aqui? No quarto?

Inicialmente surpresa, Eugénie também se sente livre de um peso — como se uma primeira barreira tivesse caído, uma primeira etapa fosse superada em direção à consciência e à empatia da única mulher que pode ajudá-la naquele lugar maldito.

— Está.

— … Onde?

— Ela está sentada na cadeira.

No fundo do cômodo, à esquerda, a pequena cadeira de madeira está vazia. A tontura é violenta demais para Geneviève. Ela puxa a porta em sua direção bruscamente, batendo-a com tanta força que os vidros das janelas estremecem ao longo de todo o corredor.

7

6 de março de 1885

—Sra. Geneviève? Está me ouvindo?
Uma enfermeira sacode levemente o ombro de Geneviève. A intendente abre os olhos. Fica surpresa ao reconhecer o próprio escritório. A seus pés, algumas partículas de poeira estão presas em seu vestido. Geneviève percebe que está sentada no chão, com as costas apoiadas no armário e os joelhos dobrados contra o peito. Sua nuca dói. Ela volta o rosto para a enfermeira, que a observa com uma expressão inquieta.

— A senhora está bem?

— Que horas são?

— Oito horas, senhora.

A luz branca da bruma matinal penetra no cômodo. Geneviève leva a mão à nuca. A lembrança da véspera volta à sua mente. O encontro com Eugénie, a porta batida com brutalidade, depois o cansaço esmagador. Ela se sentiu incapaz de voltar para casa naquele instante. Por isso, decidiu se sentar em sua sala para recuperar um pouco das forças e do ânimo. Atravessou o hospital com passos exaustos até chegar à porta de sua sala.

Não consegue se lembrar do que aconteceu depois. Está claro que não voltou para casa e passou a noite ali, sentada no chão empoeirado, naquele cômodo onde todos os dias fichas de internação são assinadas.

Geneviève ergue o corpo dolorido e espana o vestido.

— Senhora... A senhora dormiu aqui?

— Claro que não. Cheguei mais cedo hoje e me senti mal por alguns instantes. Foi só isso. Aliás, o que está fazendo aqui?

— Vim buscar as fichas para as consultas da manhã...

— Não é você que tem que cuidar disso. Saia da minha sala. Não tem motivo para estar aqui.

A enfermeira baixa a cabeça e sai, fechando a porta atrás de si. Geneviève atravessa o cômodo a passos largos. Tem os braços cruzados sobre o peito e uma expressão preocupada no rosto. Ela se arrepende daquele momento de fraqueza que, ainda por cima, teve uma testemunha. No La Salpêtrière, os boatos correm mais rápido que em um vilarejo do interior. O menor erro, o menor gesto ambíguo chama uma atenção absolutamente desnecessária. Geneviève não pode permitir que olhem para ela com desconfiança. Mais uma atitude suspeita e é ela que será enviada para junto das outras loucas no dormitório.

Aquilo não vai se repetir. Ela fraquejou, ficou presa na armadilha de uma ideia tentadora: a de acreditar que pessoas amadas falecidas permanecem conosco, a de acreditar que o fim da vida pode não significar o fim de uma identidade, de um ser. Ela acreditou naquelas fantasias porque Eugénie soube pôr o dedo em sua ferida mais profunda. Mas Eugénie é louca. Ela é maluca, sim, e Blandine morreu. É assim que deve pensar.

Geneviève respira fundo, pega documentos em sua escrivaninha e sai da sala.

* * *

Eugénie entra na sala de exames. Cinco moças estão presentes. De pé no meio da sala, elas se viram, ansiosas, para as portas vai e vem que acabaram de se abrir, pensando que o médico chegou.

À primeira vista, a sala parece uma pequena galeria de um museu de história natural. Acima das paredes cor de ocre, uma moldura detalhada margeia o teto. Perto da entrada, ao longo da parede, uma estante expõe sobre as prateleiras centenas de obras de ciência, neurociência, anatomia humana e ilustração médica. Do outro lado da sala, entre as grandes janelas verticais com vista para o jardim, um armário de madeira escurecida e portas de vidro contém frascos, ampolas e líquidos. Em uma mesa ao lado dele, instrumentos médicos mais ou menos grandes, mais ou menos sofisticados, desconhecidos do público leigo. Um pouco mais atrás, por fim, um biombo esconde modestamente um divã. Um aroma de madeira e etanol paira no cômodo.

Ninguém gosta mais das salas de exames que os próprios médicos. Para esses homens repletos de ciência, é ali que as patologias são descobertas, que os avanços são feitos. Suas mãos se alegram ao usar instrumentos que aterrorizam as pessoas em que eles se preparam para utilizá-los. Para elas, as que são obrigadas a se despir, aquele lugar é feito de medos e incertezas. Em uma sala de exames, os dois indivíduos ali presentes não são mais iguais: um avalia o destino do outro, e este acredita na palavra do primeiro. Um determina sua carreira e o outro, sua vida. A separação fica ainda mais pronunciada quando uma mulher passa pelas portas do consultório. Ela então dispõe para exame um corpo tanto desejado quanto incompreendido pelo homem que o manipula. O médico sempre acha que sabe mais que o paciente, e um homem sempre acha que sabe mais que uma mulher — e é por conhecerem esse olhar que as jovens que esperam a avaliação estão ansiosas.

* * *

A enfermeira que acompanha Eugénie manda que ela se junte ao grupo. O piso range sob suas botas. As moças parecem ter a mesma idade. Sem saber o que fazer com as mãos, elas as apertam, as escondem atrás das costas, torcem os dedos durante aquela espera interminável.

Diante delas, há um público totalmente masculino: três assistentes estão sentados atrás de uma mesa retangular. De terno e gravata escuros, eles conversam em voz baixa, ignorando as alienadas inquietas. Atrás delas, de pé, cinco residentes também esperam. Vestidos com um avental branco, um sorriso forçado nos lábios, eles encaram sem pudor as analisadas do dia. Seus olhares se demoram sobre os seios, as bocas e os quadris delas. Seus cotovelos se interpelam discretamente. Suas bocas sussurram palavras vulgares nos ouvidos uns dos outros. Ao presenciar aquele comportamento, Eugénie pensa que é realmente preciso ter visto e conhecido poucas mulheres para sentir tanto prazer diante daquelas doentes indefesas.

Ela se sente cansada. Cansada de ser jogada de um cômodo para outro como um simples peão. Cansada de falarem com ela no imperativo. Cansada de não saber onde vai ser autorizada a dormir naquela noite. Queria tomar um copo d'água, se lavar com uma bucha, trocar de vestido. A rigidez, o absurdo da situação a deixam nervosa. Ao surpreender um dos residentes a encarando de maneira furtiva, ela lança um olhar de raiva tão forte que o jovem começa a rir sob o bigode e se dirige aos companheiros, apontando o animal selvagem à direita.

— Vocês viram o olhar dela?

Ela poderia ter atacado a garganta dele se as portas vai e vem não tivessem sido abertas de repente, dando um susto nas pacientes.

Um médico entra na sala. Seus cabelos curtos e ondulados estão engomados e repartidos de lado. Ele tem as pálpebras caídas, o que torna seu olhar concentrado e preocupado, assim como o bigode, que se espalha de forma graciosa às margens dos lábios. O homem cumprimenta o grupo de médicos e residentes presente, depois se senta à mesa. Atrás dele, Geneviève põe as fichas sobre a mesa antes de se afastar e se manter de pé nos fundos da sala.

Já entre as jovens, a mesma pergunta é sussurrada:

— Ele não é o Charcot?

— Não, é o Babinski...

— Onde está o Charcot?

— Se ele não estiver aqui, não quero que ninguém toque em mim...

Babinski examina rapidamente as fichas e as entrega ao vizinho, Gilles de la Tourette, antes de se levantar.

— Bom, vamos começar. Lucette Badoin? Venha.

Uma loira magricela, perdida em um vestido grande demais, avança timidamente. Seus cabelos estão trançados em um penteado frouxo que cai por suas costas. Ela volta o rosto preocupado para o homem diante dela.

— Senhor, me desculpe, mas... o sr. Charcot não está?

— Sou Joseph Babinski. Vou substituí-lo hoje.

— Me desculpe mais uma vez... mas não quero que ninguém toque em mim.

— Então não posso examiná-la.

— Só vou autorizar o sr. Charcot... Mais ninguém.

A coitada começa a tremer. Esfrega os braços com as mãos e olha fixamente para o piso. Babinski continua, sem se afetar:

— Bom, então pode voltar daqui a alguns dias. Levem-na daqui. Quem vem depois?

— Eugénie Cléry.

— Venha, senhorita.

Eugénie dá dois passos para a frente. La Tourette, ainda sentado à mesa, lê a ficha dela em voz alta.

— Dezenove anos. Pais saudáveis, um irmão mais velho também saudável. Sem antecedentes nem sintomas clínicos. Afirma se comunicar com os mortos. O pai a internou por causa do espiritismo dela.

— Então é você.

— Sou eu.

— Desabotoe a gola do vestido.

Eugénie olha de soslaio para Geneviève. A intendente evita seu olhar. Geneviève nunca foi participante ativa daquelas sessões. Ali, os médicos, os assistentes deles e, às vezes, os residentes têm a palavra. Seu lugar é o do recolhimento silencioso e ela o respeita.

Travando a mandíbula, Eugénie desabotoa a gola do vestido até a altura dos seios. Com um olhar frio e medical, Babinski examina as pupilas, a língua, o palato e a garganta dela, escuta sua respiração, pede que tussa, analisa seu pulso, verifica seus reflexos. E, à medida que vai comentando o exame, atrás dele, penas se esfregam rapidamente em folhas de papel.

Babinski acaba olhando para Eugénie com ar intrigado.

— Tudo está normal.

— Então posso voltar para casa.

— Não é tão simples assim. Seu pai a internou por um motivo. É verdade que você se comunica com espíritos?

O silêncio na sala é absoluto. Todos parecem esperar uma resposta satisfatória, pois todos compartilham, no fundo, da mesma curiosidade. É algo ainda mais palpável entre os residentes. Eles, que juram apenas pela ciência, na verdade se refestelam com esse tipo de história. O tema não deixa ninguém indiferente. Tudo que mexe com o além atiça as mentes, eriça os sentidos, agita as ideias. Todos seguem as próprias teorias, todos tentam provar ou desacreditar os fatos e ninguém nunca parece ter razão. Normalmente o que é visto é uma dualidade entre a vontade e o medo de acreditar, e esse medo costuma levar à impossibilidade de acreditar, porque é muito mais confortável e muito menos constrangedor não se meter com esse tipo de ideias.

Eugénie sente os olhares insistentes da plateia.

— Se querem um novo animal curioso para mostrar para Paris, não estou aqui para divertir ninguém.

— Estamos aqui para entender e tratar, não para divertir.

— Seria realmente lamentável que o La Salpêtrière se tornasse um circo de mulheres.

— Se está fazendo referência às aulas públicas do dr. Charcot, elas são o que há de mais louvável na profissão.

— E o baile? Não sabia que hospitais eram um espaço para festas.

— O baile da mi-carême diverte as alienadas e permite que tenham um pouco de normalidade na vida.

— Vocês estão divertindo os burgueses.

— Senhorita, contente-se em responder à pergunta.

— Se quer uma resposta precisa, não, eu não me comunico com espíritos.

Sentado à mesa, com o dedo sobre uma folha, La Tourette intervém:

— Sua ficha diz que a senhorita relatou isso à sua avó...

— Sim, que meu falecido avó me pediu para repassar uma mensagem. Não perguntei nada. Só aconteceu.

Babinski sorri.

— Ouvir os mortos não é o tipo de coisa que "acontece", senhorita.

— O senhor pode me dizer exatamente por que estou aqui?

— A resposta não é evidente?

— Nós aceitamos que uma menina tenha visto Nossa Senhora em Lurdes.

— Não é a mesma coisa.

— Por quê? Por que é aceitável acreditar em Deus e malvisto acreditar em espíritos?

— A crença e a fé são uma coisa. Ver e ouvir os mortos, como a senhorita diz fazer, não é normal.

— O senhor está vendo que eu não sou louca. Nunca tive crise nenhuma. Não tenho nenhum motivo para ficar aqui. Nenhum!

— Temos razões para acreditar que a senhorita sofre, sem dúvida, de um distúrbio...

— Eu não tenho nada. O senhor só duvida do que não entende. Vocês se consideram médicos... Já parou para ver os cretinos de branco atrás de mim que desde o início nos olham como se fôssemos pedaços de carne? Vocês são desprezíveis!

Geneviève sente um incômodo tomar o salão. Vê Babinski fazer um sinal para dois residentes, que no mesmo instante vêm pegar a louca pelo braço. Fica tentada a dar um passo para a frente, mas se segura. Então observa a jovem, até ali reservada, gritar, se debater e perder a esperança à medida que é carregada para fora da sala.

— Vocês estão me machucando, seus brutos! Me larguem!

Seu coque se desfaz e os cabelos caem sobre as bochechas. Ao passar por Geneviève, a moça em crise lança para ela um olhar que a intendente não tinha visto até ali. Sua voz se rompe e, com o resto de suas forças, em um sussurro, ela lhe destina as seguintes palavras:

— Sra. Geneviève... Me ajude... Senhora...

As portas vai e vem se abrem e as alienadas que esperam atrás delas se afastam diante dos gritos cada vez mais fortes de Eugénie.

Os berros se afastam pouco a pouco até o fim do corredor e a garganta de Geneviève se aperta.

Uma luz doce vespertina ilumina o gramado do jardim. Ainda faz frio naquele início de primavera, mas o sol fez tanta falta nas semanas anteriores que algumas alienadas saíram para aproveitar o céu claro temporário. Sentadas em um banco, contemplam pardais e pombos. De pé contra uma árvore, acariciam o tronco. Em uma das trilhas, algumas varrem os paralelepípedos com seus vestidos.

Uma silhueta branca percorre lentamente o jardim de uma ponta à outra. De longe, é possível reconhecer a forma e o coque loiro da Anciã. Se alguém parasse para observá-la, ficaria impressionado com sua atitude. Normalmente rígida em seu uniforme, naquela tarde ela parece distante, pensativa, indiferente a tudo que possa estar acontecendo ao seu redor. Com as mãos para trás, atravessa os gramados em um ritmo mais lento que o normal, com a cabeça baixa. Quando alguém passa por ela, fica impressionado ao notar que ela nem se preocupa em olhar. Ninguém saberia dizer se Geneviève está contrariada ou melancólica — mesmo que seja surpreendente imaginar a Anciã melancólica. Ela nunca foi fonte de conforto nem de confiança para as alienadas. Mais que qualquer coisa, ela intimida e às vezes é capaz de acalmar um escândalo com um simples olhar. Apesar disso, é o pilar da ala, uma presença estável e fiel todos os dias do ano. O clima com que o dia corre depende de sua disposição. O ambiente fica tranquilo quando todas a veem tranquila, mas fica tenso quando ela aparece tensa. Ou seja, ao vê-la caminhar com passos visivelmente perdidos, as transeuntes se interrogam e acabam também se sentindo perdidas.

Com os olhos fixos nos paralelepípedos, Geneviève é surpreendida por uma voz à sua esquerda:

— Nossa, Geneviève... Você parece desanimada.

Thérèse está sentada em um banco. Com o rosto no sol, mordisca um pedaço de pão e lança algumas migalhas aos pardais e aos pombos, que saltitam sobre o gramado. Seu ventre arredondado se enche e esvazia à medida que ela respira. Geneviève para de andar.

— Não vai tricotar hoje, Thérèse?

— Estou deixando meus dedos descansarem ao sol. Quer se sentar?

— Não, obrigada.

— A volta da primavera é uma época ótima. O jardim recupera o verde. As meninas ficam mais bem-humoradas.

— É a proximidade do baile também. Isso as acalma.

— É bom elas terem outra coisa para pensar. E você?

— Eu?

— Está pensando em quê?

— Em nada de especial, Thérèse.

— Não parece.

Geneviève dá as costas a Thérèse para não lhe dar razão. A intendente põe as mãos nos bolsos do vestido. As duas observam o jardim. Ao longe, sob os arcos, uma carruagem passa de tempos em tempos, puxada por um cavalo que atravessa trotando as ruas do complexo. Paris parece tão distante, tão estranha vista dali. Protegidas da agitação, das incertezas e dos perigos da cidade, as internas deveriam ter uma vida relativamente tranquila naquele local silencioso. Mas, assim como os muros as separam da cidade, das liberdades e das possibilidades, elas sentem também ali as limitações e a ausência de promessas.

Thérèse continua a distribuir migalhas de pão aos pássaros reunidos a seus pés.

— O que você acha da menina nova? A morena que fala bem.

— Por enquanto ela está em observação.

— Você sabe que aquela menina não é louca, não sabe? Eu conheço bem as doentes. Você também, Geneviève. Ela é normal. Não sei por que o pai trouxe a moça para cá, mas ela deve ter irritado demais o velho.

— Como você soube do pai dela?

— Ela me contou ontem.

— Ela disse alguma outra coisa para você?

— Não. Mas acho que tem muita coisa a dizer.

Geneviève enterra mais as mãos nos bolsos. A cena daquela manhã, e especialmente a expressão de Eugénie, não sai de sua cabeça. O que ela pode fazer, no fim das contas? Não pode determinar se uma paciente merece ou não ficar ali. As mulheres levadas ao La Salpêtrière vão para lá por algum motivo. O trabalho dela é supervisionar a ala e servir de intermediária entre alienadas e médicos, não diagnosticar ou tentar ajudar esta ou aquela louca. E desde quando ela pensa essas coisas? Nunca pensou em fazer mais nada pelas alienadas além de alimentá-las e curá-las — ou ao menos tentar curá-las. Essa história está tomando demais sua energia. Ela precisa parar de pensar nisso.

Afastando com um movimento do pé um pombo que se aproximava demais, Geneviève atravessa o jardim a passos rápidos, sob os olhares perturbados das alienadas.

Vários dias se passam. Com as fantasias escolhidas, todas se apressam para preparar o salão do manicômio onde o baile vai acontecer. No cômodo comprido e largo, sob lustres elegantes, a montagem do cenário começa: plantas e flores são dispostas nos quatro cantos, mesas são trazidas para formar o futuro bufê, banquetas de veludo são distribuídas sob as janelas, cortinas são batidas, o palco onde a orquestra vai tocar é varrido e os vidros das janelas são limpos. Todas as alienadas se juntam ao esforço coletivo e preparam o evento em uma harmonia fluida e alegre.

Fora do hospital, a classe alta de Paris já recebeu o convite: "Você está convidado para o baile à fantasia da mi-carême, que vai acontecer no dia 18 de março de 1885 no Hospital de la Salpêtrière". Médicos, prefeitos, tabeliões, escritores, políticos, aristocratas, todos os membros da esfera privilegiada parisiense esperam pelo baile com uma euforia tão grande quanto a das loucas. Nos salões, o único assunto é o evento. Todos mencionam os bailes dos anos anteriores. Muitos descrevem o espetáculo criado por trezentas loucas fantasiadas. Histórias são compartilhadas — uma louca tomada por espasmos que foi acalmada com uma pressão nos ovários, a catalepsia de cerca de quinze delas depois do toque de um címbalo, uma ninfomaníaca que se esfregou em todos os homens da festa. Muitos se lembram de ter reconhecido uma antiga atriz de teatro em uma pobre alienada de olhar perdido, sempre usando suas lembranças, suas experiências, suas anedotas. Para aqueles burgueses, fascinados pelas moças doentes que eles têm a chance de ver de perto uma vez por ano, o baile é melhor que todas as peças de teatro, todas as festas que costumam frequentar. Por uma noite, o La Salpêtrière une dois mundos, duas classes, que, sem esse pretexto, nunca teriam motivo, nem vontade, de se aproximar.

O horário do almoço se avizinha. Em sua sala, Geneviève cuida de formalidades administrativas quando alguém bate à porta.

— Entre.

A intendente continua a arquivar papéis no armário, sem ver o jovem que avança timidamente em sua sala. Ele tira a cartola e revela as mechas ruivas.

— Geneviève Gleizes?

— Sou eu.

— Sou Théophile Cléry. Irmão de Eugénie Cléry. Nós… Meu pai mandou que ela fosse internada na semana passada.

Geneviève para e olha para Théophile. O jovem segura o chapéu contra o peito e a observa com um jeito tímido. Ela se lembra dele: mal tinha passado pela porta do hospital e saíra correndo.

Ela o convida a se sentar e também se acomoda atrás de sua escrivaninha. Théophile hesita antes de olhar em seus olhos.

— Não sei por onde começar… Eu queria falar com a senhora porque… Não sei se o La Salpêtrière autoriza… Eu gostaria de ver minha irmã. Queria falar com a minha irmã.

É a primeira vez que Geneviève ouve um pedido como esse. Já é raro que um membro da família peça notícias de uma alienada por carta, mas que alguém venha fazer uma visita é algo simplesmente excepcional.

Geneviève se recosta na cadeira e desvia o olhar. Desde o exame com Babinski, ela não viu mais Eugénie. Faz cinco dias. Ela sabe que a jovem foi isolada. Sempre que alguém leva uma refeição para ela, Eugénie joga o prato com raiva para o outro lado do cômodo. As enfermeiras foram obrigadas a deixar de levar talheres e pratos. Desde então, apenas torradas com manteiga são servidas para ela, mas a moça se recusa a comer. Geneviève vem escutando com indiferença o testemunho das enfermeiras chocadas. Desde que parou de conviver com Eugénie, se sente menos abalada, menos vulnerável. Prefere saber que ela está presa e manter distância dela.

— Sinto muito, sr. Cléry. Sua irmã não pode receber visitas.

— Como ela está? Imagino que seja uma pergunta idiota.

O jovem enrubesce um pouco. Com o indicador, puxa levemente o lenço de seda que aperta seu pescoço. Com seus cachos ruivos caídos sobre a testa clara, Théophile lembra Blandine. A aparente fragilidade, os gestos delicados, as sardas salpicadas no nariz e nas maçãs do rosto. Geneviève tenta afastar da cabeça a imagem da irmã. Os Cléry precisam levá-la de volta a Blandine de um jeito ou de outro?

— Sua irmã tem caráter forte. Vai conseguir enfrentar isso, tenho certeza.

A resposta não parece satisfazer Théophile. Ele se levanta da cadeira, dá alguns passos e para diante da janela. Observa os prédios do complexo do hospital, que se estendem às margens das trilhas do jardim.

— Isto aqui é imenso.

Geneviève se vira na cadeira e observa o jovem. Ele tem o perfil de Eugénie: o mesmo nariz reto e fino, a mesma boca arrebitada.

— Na verdade, eu e minha irmã não somos particularmente próximos. Na nossa família, só o sobrenome nos une. Foi assim que fomos criados. Apesar disso, uma sensação absurda de injustiça vem me dominando. Já faz uma semana que não durmo. O rosto dela não me sai da cabeça. Não demos nenhuma escolha a Eugénie. Eu mesmo fui fraco e participei da internação dela. Estou arrependido. Me desculpe por confessar isso à senhora, não é correto. Mas, já que não posso ver minha irmã, seria possível entregar algo a ela?

Geneviève não tem tempo de responder antes que Théophile tire um livro de dentro do colete e o estenda com um gesto emocionado. A capa diz *O livro dos espíritos*. Geneviève não entende.

— Consegui recuperá-lo antes que meu pai o achasse e o queimasse. Por favor, entregue a ela. Não estou fazendo isso para obter o perdão da minha irmã. Gostaria apenas que ela se sentisse menos sozinha. Por favor.

Tomada de surpresa, Geneviève hesita em pegar o livro. Não quer ter mais nada a ver com Eugénie, de perto ou de longe. Sobretudo, não quer mais ouvir falar de espíritos, fantasmas, almas, nem do que quer que evoque a existência após a morte. Mas Théophile mantém a mão estendida e lança um olhar de súplica para Geneviève. No corredor, passos rápidos são ouvidos antes de três batidas na porta. Sobressaltada, Geneviève pega o livro e o esconde com pressa em uma gaveta. Théophile lhe dá um sorriso agradecido, põe a cartola na cabeça e sai da sala, deixando uma enfermeira entrar.

Geneviève tinha catorze anos quando abriu seu primeiro livro de anatomia no consultório do pai. Essa leitura foi um momento crucial em sua existência. À medida que virava as páginas, a lógica da ciência se revelava para ela. Tudo no ser humano podia ser explicado. Tinha sido um choque e uma revelação — assim como a Bíblia fora um choque e uma revelação para sua irmã. Os livros lidos haviam deixado uma marca profunda nas duas irmãs e motivado a escolha delas para o futuro: a medicina para Geneviève e a religião para Blandine.

Geneviève não lia nada além de livros científicos. Não apreciava romances, porque não tinha interesse por histórias ficcionais. Também não gostava de poesia, já que não tinha nenhuma utilidade. Aos olhos dela, os livros deveriam ser práticos — tinham que carregar um ensinamento sobre o homem, ou ao menos sobre a natureza e o mundo. No entanto, ela não ignorava o papel determinante que certos livros podiam ter sobre os indivíduos. Constatara isso não apenas nela e na irmã, mas também nas alienadas, que falavam de romances com uma paixão impressionante. Vira as loucas recitarem poemas e chorarem, outras evocarem heroínas literárias com uma familiaridade alegre e ainda algumas se lembrarem de passagens com a voz embargada. É aí que está a diferença entre o factual e a ficção: no primeiro caso, a emoção é impossível. Nele, todos se contentam com dados e constatações. Já a ficção, ao contrário, suscita paixões, cria excessos, abala as ideias. Não chama à razão nem à reflexão, e sim carrega os leitores — e leitoras, sobretudo — pelos caminhos do desastre sentimental. Geneviève não apenas não tem nenhum interesse intelectual por isso como também desconfia desse tipo de livro. Por isso, nenhum romance é autorizado no setor das alienadas: é melhor não correr o risco de agitá-las demais.

Nesta noite, ela observa com a mesma desconfiança o livro que tem nas mãos. Do lado de fora, a noite já caiu. Depois de se lavar na entrada de casa e engolir com pressa uma tigela de sopa, Geneviève pegou o livro escondido sob o casaco e se sentou na beira da cama, iluminada pelo lampião a óleo pousado na mesa de cabeceira. *O livro dos espíritos.* Tinha ouvido falar dele vagamente em algumas reuniões de médicos, quando a discussão ganhava um tom metafísico. O conteúdo do livro havia sido ridicularizado e denunciado. Muitos tinham se ofendido com o fato de que tais ideias tivessem sido não só pensadas, mas também publicadas. Ela acredita lembrar que o autor demonstrou, com base em elementos factuais, que a vida após a morte é real. A proposta era ambiciosa, isso é incontestável. Mas, como o livro também parecia suscitar emoções fortes, ela nunca se interessara por ele.

Na frente da cama, o aquecedor rústico aquece levemente as paredes. Do lado de fora, a Rue Soufflot está calma. Geneviève observa o livro, mas não se arrisca a abri-lo. Foi depois de ler aquele texto que Eugénie foi internada pelo pai. Dá para entender o porquê. Nenhum pai quer ouvir a filha mencionar o além. Não é natural para o ser humano apagar as fronteiras, questionar o fim da vida, tentar se comunicar com o invisível. Agir desse jeito demonstra mais demência que razão.

Suas mãos viram o volume, folheiam as páginas rapidamente, o colocam na mesa de cabeceira, depois o pegam de volta: nada a impede de abri-lo e ler, mesmo que apenas as primeiras linhas… Se o conteúdo é tão absurdo quanto os colegas dizem, ela logo ficará irritada e o fechará. Seja como for, não vai entregá-lo a Eugénie e incentivar os caprichos dela.

O relógio marca dez horas da noite. Suas mãos estão dispostas sobre a obra ainda fechada. Como se ela duvidasse do que aquelas páginas fossem lhe ensinar.

Vamos, Geneviève, é só um livro. Não banque a besta.

Com ar decidido, ela puxa as pernas para cima da cama, se apoia no travesseiro e, por fim, abre o livro na primeira página.

8

12 de março de 1885

O dia nasce em Paris. Nas ruas, a população matinal já percorre as calçadas. Ao longo do Sena e do Canal Saint-Martin, lavadeiras seguem às dezenas para os barcos-lavanderia, carregando suas trouxas cheias de roupas dos burgueses. Sucateiros, depois de passar a noite à procura de mercadorias para vender, puxam suas charretes pesadas com as caçambas repletas da colheita noturna. Em cada esquina, acendedores de postes se sucedem para apagar manualmente os lampiões a gás. No Les Halles, descrito por Émile Zola como o ventre de Paris, feirantes e comerciantes transportam caixas de frutas e legumes, tiram peixes do gelo e cortam carnes. Perto dali, na Rue Saint-Denis, as mesmas cenas que as da Rue Pigalle ou da Rue de Provence: prostitutas esperando um último cliente e outras expulsando homens bêbados. Os jornaleiros saem das gráficas e sacodem na bolsa trespassada as manchetes do dia. Em todos os bairros, os primeiros aromas de pão quente escapam e chegam ao nariz dos operários e operárias, carregadores de água e carvoeiros, garis e pedreiros, e todas aquelas silhuetas dão vida a Paris, enquanto a aurora surge acima dos telhados.

O La Salpêtrière ainda dorme quando Geneviève atravessa o pátio. Seus saltos batem no piso frio do longo corredor, passagem obrigatória para quem quer que adentre o local, depois de passar pelo arco da entrada. À direita da trilha, no meio dos gramados, um gato se diverte com o cadáver de um camundongo. Não há nenhum transeunte, nenhuma carroça.

O céu escureceu desde que Geneviève saiu. Gotas finas de chuva acompanham sua caminhada em direção à capela Saint-Louis. Seu chapéu modesto, atrevendo-se a exibir algumas flores na lateral, a protege da garoa da manhã. As mãos enluvadas mantêm o casaco fechado na altura da cintura. Há olheiras sob seus olhos. Ela não dormiu a noite toda.

Ela pega uma passagem arqueada, encimada pela placa que indica o "Setor Lassay", depois entra no pátio Saint-Louis. Diante dele, o jardim e suas árvores nuas. À esquerda, a capela e sua imponente fachada branca coroada por domos pretos. Ela anda na direção da igreja. No bolso interior do casaco, contra o peito, está o livro que leu durante a noite.

Ao chegar diante das portas de madeira púrpura, ela faz uma pausa, respira fundo, depois abre as portas.

O que mais chama atenção, à primeira vista, é a sobriedade do local. Não há detalhes dourados nem molduras. As paredes de pedra, um pouco escurecidas em alguns pontos, são despojadas de qualquer decoração inútil. A capela parece quase abandonada.

Já na entrada, da esquerda para a direita, seis estátuas de santos erguidas sobre blocos repousam sob alcovas em forma de arco. As dimensões do local são impressionantes, assim como sua disposição: quatro capelas diferentes, todas pontuadas por quatro naves, e, no centro, o domo principal, cuja altura nos faz inclinar a cabeça para trás e cria uma vertigem singular.

Geneviève, por reflexo, tira o chapéu e sacode algumas gotas de chuva que penetraram no tecido. Ela fica impressionada por ter aberto as portas — por estar ali, dentro daquela construção pela qual passa há mais de vinte anos e na qual havia prometido nunca mais pôr os pés.

Avança com passos tímidos, seguindo a pedra fria e úmida. Cada nave tem uma disposição própria, uma organização modesta e minimalista, mas oferece todo o necessário para a oração: bancos ou cadeiras de madeira, um pequeno altar, velas e uma estátua da Virgem Maria. O lugar é dominado por uma calma rara. Geneviève se ouve respirar e a própria respiração parece ecoar entre as paredes imensas.

Sussurros chamam sua atenção. Na segunda nave à esquerda, uma pequena mulher gordinha reza de pé, diante de uma Virgem de pedra. Ela usa o vestido e o avental das lavadeiras. Entre as mãos erguidas abaixo do queixo, segura um terço de pérolas pretas. De olhos fechados, conversa baixinho com a figura feminina que se ergue diante dela. Ao ver aquela mulher, sozinha naquela capela grande demais para ela, fazendo da oração sua prioridade ao nascer do dia, dá quase para invejar sua fé. Geneviève a observa por um instante, mas o ato lhe parece imoral. Ela vira o rosto e decide se acomodar na primeira nave à direita da entrada. Senta-se em uma cadeira cujos pés rangem sob seu peso. Pousa o chapéu nas coxas. Algumas velas estão acesas em torno do altar.

Com o rosto erguido, ela observa aquele universo que, quando criança, a deixava horrorizada. Tudo ali lembra as manhãs de domingo, intermináveis e dolorosas. Ela odiava aquele lugar e o havia odiado ainda mais desde a morte de Blandine. "Local de culto." As pessoas são mesmo tão fracas que precisam de crenças e ídolos, que precisam até de um lugar para ir rezar, como se em casa, em seu quarto, não fosse suficiente? Ela só pode pensar que sim. Mas o que está fazendo ali se ainda não acredita? A leitura da véspera, as páginas que virou a noite toda a fizeram sair ao nascer do sol para ir até a capela. No entanto, o texto não tem nada de religioso. Na verdade, é o contrário. Mas a vontade de ir até lá a dominou, como aquele livro a dominou. Geneviève, na verdade, não sabe o que foi procurar ali. Talvez mais uma explicação que uma resposta, ou pelo menos uma direção. Lutar é inútil agora, ela sabe disso. Há uma semana, desde a chegada de Eugénie, tudo que ela imaginava entender lhe escapa. A sensação é angustiante, mas ela não a recusa mais. Tentou resistir, em vão. Se for necessário chegar ao fundo do poço, o mais fundo possível, para melhor se erguer e depois voltar, então ela vai se deixar cair.

Passos soam atrás dela. Geneviève se vira, ainda sentada. A lavadeira baixinha e gordinha segue para a saída. Geneviève se levanta de repente e se aproxima da mulher, que para e a observa, assustada.

— Vou sair com a senhora. Não quero ficar sozinha aqui.

A mulher sorri. Seu rosto parece cansado da vida passada lavando roupa dos outros à mão. A água ressecou seus dedos e antebraços.

— A senhora nunca vai estar sozinha aqui. Nem aqui nem em nenhum outro lugar.

A lavadeira vai embora, deixando Geneviève na capela. Com o olhar perdido, a intendente leva a mão direita ao coração e tateia o casaco: o livro continua no lugar.

* * *

A chave range na fechadura. Eugénie abre os olhos. O ato de acordar imediatamente traz de volta as cólicas. Ela se encolhe um pouco mais na cama. Seus pés estão descalços. Nos últimos dias, as botas apertadas acabaram por deixar suas canelas inchadas, e ela foi obrigada a tirar os sapatos e não conseguiu voltar a calçá-los. Também cansada de estar presa no vestido justo, em um golpe de frustração ela arrancou os botões e as linhas das mangas, dos ombros e da cintura da roupa.

Eugénie põe a mão na barriga e faz uma careta. Seus cabelos castanhos, normalmente lisos e bem penteados, estão cheios de poeira e sujeira. Ela decidiu, na noite anterior, comer a fatia de pão que não tocara desde a manhã. Era a primeira vez em quatro dias que comia alguma coisa. No entanto, sabe que não deve se deixar enfraquecer, que deve manter todas as forças, físicas e intelectuais, para sobreviver ali. Tem consciência de que é seu único recurso em um lugar que aniquila ao primeiro sinal de fraqueza. Mas a crise que a dominou durante o exame médico ainda não a deixou, e ela não encontrou nada melhor para fazer nos últimos dias que continuar o protesto solitário e recusar categoricamente o que lhe trazem para comer. É mais forte do que ela. Até ali, ela nunca sentira uma verdadeira revolta. Sim, sentia que discordava profundamente do pai. Ver os homens rirem das mulheres lhe causava uma raiva surda e silenciosa. Mas Eugénie não sabia que uma emoção podia, como uma onda, cobrir o corpo e o espírito a ponto de impedi-la de fazer qualquer coisa que não gritar contra aquela indecência. Ela estava revoltada com a injustiça de sua situação. E, apesar de sua indignação não estar enfraquecendo, se sentia definhar. Sua cabeça girava assim que ela tentava sair da cama, cólicas contorciam seu estômago, a fome lhe causava náuseas. Eugénie mal aguentava levantar a jarra de água que haviam lhe trazido. Os dias se passaram em uma semiescuridão, já que as venezianas da janela estavam fechadas, mas as frestas deixavam um pouco de luz entrar no quarto. Ela estava tão irritada quanto cansada. Nunca se sentira tão inútil, tão abandonada. Pensava, de forma inocente, que estava sozinha na casa dos pais, que sua personalidade, suas provocações e suas respostas rápidas a isolavam e a mantinham afastada de uma família que não a entendia. Talvez fosse incompreendida, mas nunca esteve sozinha. A solidão não era aquilo. Era estar isolada em um hospital para loucas, sem nenhuma liberdade de movimento nem ao menos uma perspectiva de futuro. E sobretudo não ter ninguém, absolutamente ninguém, que se importasse, direta ou indiretamente, com ela.

— Eugénie Cléry.

Ela fica surpresa com a voz que a chama e se senta na cama.

De pé à porta, Geneviève observa o estado do quarto: lascas de louça quebrada cobrem o assoalho, o par de botas foi largado no chão de maneira negligente, a cadeira foi virada e um de seus pés está quebrado.

Na cama, Eugénie está acordada e a observa com a expressão vazia. Seu rosto perdeu o brilho e a confiança.

— Você quer comer no refeitório? Eu adoraria conversar com você depois.

Eugénie ergue as sobrancelhas com ar surpreso. Primeiro, fica impressionada com a natureza da frase — uma pergunta, não uma ordem. Além disso, alguma coisa mudou na voz da Anciã. Seu rosto também parece diferente, apesar de a contraluz impedi-la de ver direito. Mas, sim, a silhueta de Geneviève não está tão rígida quanto de costume. Alguma coisa nela se tranquilizou. Seja qual for o motivo daquela cortesia inesperada, Eugénie pode sair do quarto. E, sobretudo, pode ir tomar um copo de leite quente.

A jovem se senta na beira da cama, força os pés a entrarem nas botas apesar da dor, volta a abotoar os botões sobreviventes do vestido e se aproxima de Geneviève, puxando os cabelos sujos para trás com uma das mãos.

— Obrigada, sra. Geneviève.

— Você vai limpar o quarto mais tarde.

— Claro. Eu me excedi.

— E depois que comer vai se lavar. Vou esperar você.

A mesma garoa da aurora pousa nos chapéus de ponta e nas cartolas que atravessam os corredores do hospital.

Quando Eugénie encontra Geneviève no jardim, seus cabelos lavados e ainda úmidos estão presos em uma trança longa que cai por um dos lados do peito. Uma capa bege cobre sua silhueta e um capuz largo foi posto sobre sua cabeça. Seu olhar recuperou a determinação costumeira. Bastou que ela comesse e tomasse um banho para recobrar um pouco do vigor e da autoconfiança. Ela se sente menos fraca e menos abandonada. O simples fato de Geneviève ter ido abrir sua porta já lhe permitiu recuperar a fé e sair do torpor que a paralisava havia vários dias.

Ao lado de uma árvore, ao abrigo de olhares alheios, Geneviève vê Eugénie se aproximar. Verifica que não há ninguém por perto, depois faz um sinal para ela.

— Vamos dar uma volta.

Eugénie a acompanha. As trilhas estão vazias. À direita, ao longo da mureta que margeia a parte dos fundos do jardim, camundongos fogem das gotas de água e desaparecem no primeiro buraco que encontram. Poças de lama se formaram nos gramados. A garoa se tornou chuva e cai lentamente no jardim, que vai acabar encoberto.

As duas mulheres avançam de cabeça baixa. Geneviève, depois de alguns passos, põe a mão dentro do casaco e tira *O livro dos espíritos*. Então o entrega a Eugénie, que olha para ele sem entender.

— Pegue logo, antes que nos vejam.

Perplexa, Eugénie pega a obra e a esconde dentro da capa.

— Seu irmão queria entregar ele mesmo a você. Não é possível, como você sabe.

Eugénie aperta as mãos ao redor da cintura e sobre o livro escondido contra o peito. A garganta embarga ao pensar que seu irmão foi até lá, até aquele lugar, para vê-la.

— Quando vocês se viram?

— Ontem de manhã.

Um aperto lhe toma o peito. Ela se sente tão triste quanto feliz. Seu irmão esteve ali. Ele não a esqueceu. Ela não está tão sozinha quanto imaginava. Eugénie pensa por um instante, depois olha para Geneviève de maneira furtiva.

— Bom... por que a senhora me deu este livro, se não tem autorização para isso?

Ela vê um brilho no olhar de Geneviève.

— A senhora leu?

— Livros são proibidos aqui. Em troca, gostaria que você fizesse algo por mim.

Geneviève está sem fôlego. Um pouco zonza. Seu próprio comportamento a abala. Até hoje, ela nunca teria acreditado nesta situação inimaginável: ela, intendente do hospital, conversando com uma alienada, desrespeitando as regras que ela mesma estabeleceu, preparando-se para pedir um favor em troca de outro. Não quer pensar nisso. Tem plena consciência do absurdo de seu comportamento, mas, mais uma vez, prefere realizar seu plano para não se arrepender.

— Eu queria... falar com a minha irmã.

A chuva engrossou e cai com força sobre as silhuetas que passam apressadas pelos prédios do complexo. Ao chegar à ponta do jardim, as duas mulheres se refugiam sob uma passagem em forma de arco. Eugénie tira o capuz molhado. Fica pensativa por um instante, depois volta o olhar para a Anciã.

— Senhora... Se for uma troca, eu preferiria não ficar com o livro e voltar a ser livre.

— Você sabe muito bem que isso não é possível.

— Então eu sinto muito, mas falar com sua irmã também não vai ser possível.

Geneviève se enfurece. Que ideia negociar com uma louca. Na verdade, é ela mesma quem está perdendo a moral e o juízo. Devia mandar essa burguesinha para o isolamento e nunca mais ouvir falar dela. Ao mesmo tempo, a chantagem se justifica. De maneira inocente, ela entregou as cartas que tinha na manga para negociar. Claro que a outra exigiria, em troca de uma sessão de espiritismo, mais que um simples livro. Eugénie é realmente irritante. Geneviève não pode mais desistir. Essa esperança é a única que tem. Além disso, não importa qual seja sua promessa, ela não é obrigada a cumpri-la. É uma lógica um tanto quanto amoral, mas promessas só criam compromissos para as pessoas que acreditam nelas.

— Está bem. Vou fazer o que puder com o doutor. Mas só se falar com a minha irmã.

Eugénie balança a cabeça, aliviada. Ainda não se permite ficar feliz, mas isso já é uma pequena vitória. Talvez a tal Blandine esteja certa. Talvez Geneviève a ajude. E talvez ela possa sair dali mais cedo do que imagina.

— Quando?

— Hoje à noite. Vou levar você de volta para o isolamento. Agora volte sozinha para a sua ala. Já fomos vistas juntas por tempo suficiente.

Eugénie encara Geneviève. O chapéu molhado deixa cair gotas de chuva em seu rosto e seus ombros. O coque, normalmente impecável, se desfez, e mechas loiras escapam pelas laterais. Ela tanto trabalhou sua autoridade que seu rosto ficou paralisado em uma única e mesma expressão rígida. Apenas o olhar a trai. Um mínimo de atenção a seus olhos azuis e é neles que a fraqueza, a incerteza podem ser vistas. Mas como ninguém, em toda a sua vida, realmente olhou para ela, tudo que ela podia expressar de tempos em tempos passou despercebido.

Depois de observá-la por um instante, Eugénie lança um sorriso de agradecimento para a intendente. Puxa o capuz para cobrir a cabeça, então parte debaixo da chuva e atravessa o jardim correndo.

No dormitório, uma nova atividade atiça os ânimos naquela tarde. Entre as fileiras de camas há um homem, com metade do rosto escondido sob a barba preta e os cabelos curtos cortados com tesoura. O terno apertado sufoca sua figura corpulenta. A sensação é de que ele ficaria mais à vontade no campo, trabalhando na terra, do que ali, manipulando com cuidado o aparelho que instala ao pé de uma das camas. Montada sobre um tripé, a máquina fotográfica mais parece uma minissanfona. Duas enfermeiras cercam o fotógrafo e impedem dedos curiosos de tocarem no aparelho. Uma pequena multidão se formou em torno dele. Com euforia contida, as moças se revezam para analisar as dobras da máquina e o corpo robusto do homem.

— É engraçado. Antes ninguém se interessava pela gente.

Afastada dali, com as pernas estendidas sobre o colchão, Thérèse observa a cena enquanto tricota um xale. Na cama vizinha, Eugénie ajuda Louise a costurar os poucos buracos no vestido de espanhola. Desde a conversa com Geneviève, ela está mais calma. A raiva a deixou. Sua estadia vai acabar em questão de horas. A perspectiva da saída, da volta à cidade, da libertação daqueles muros infernais enche seu peito de alívio e alegria. Assim que souber que foi autorizada a sair, ela vai escrever para Théophile. Ele vai buscá-la com Louis. O empregado vai saber guardar segredo, sempre soube. Primeiro ela vai se hospedar em um hotel, depois vai procurar Leymarie. Vai lhe contar tudo o que viu e ouviu até ali e pedir para escrever para a revista dele. Tudo vai acontecer como ela previra antes de chegar ali. Aquele período no hospital foi apenas um contratempo. Permitiu que Eugénie rompesse com a família — pelo menos ela não terá que fazer isso por conta própria. E, sozinha, não terá que prestar contas a ninguém.

Do lado de fora, a chuva bate nos vidros. Louise, deitada de bruços ao lado de Eugénie, acaricia a renda de seu vestido. Então lança um olhar distraído para o fotógrafo.

— Gosto muito do Albert Londe. Ele já tirou uma foto minha. E disse que sou parecida com Augustine.

Eugénie também observa a sessão fotográfica. Albert Londe está parado diante de uma mulher deitada na cama. Ela deve ter cerca de vinte anos. Está vestida com um roupão e tem os cabelos presos para trás com a ajuda de uma fita rosa. Está imóvel e seu olhar, perdido no vazio. Seus devaneios são tão profundos que ela não nota nenhuma atividade ao seu redor.

Eugénie se vira para Thérèse.

— Quem é a moça que ele está fotografando?

Thérèse dá de ombros.

— É Josette. Ela nunca sai da cama. É, como dizem, melancólica. Eu prefiro não olhar para ela. Ela me dá medo.

A detonação do obturador dá um susto nas alienadas e o semicírculo que tinha se formado em torno do fotógrafo recua com um único grito. Apenas Josette, a modelo da foto, continua imperturbável.

Sem notar os olhares que o cercam, Albert Londe pega sua câmera e o tripé e os desloca para a frente de uma cama a alguns metros de distância. O mesmo grupo de admiradoras o acompanha, sussurrando e contendo risadinhas. A modelo seguinte também está prostrada na cama: uma coberta foi puxada até seu queixo e seus dedos a agarram como se ela fosse cair. As pernas esfregam o lençol de baixo em um movimento regular de vai e vem. Ela olha para todos os cantos, mas não parece ver ninguém.

Eugénie para de costurar.

— Isso não é indecente?

Louise vira a cabeça para ela.

— Indecente?

— Quero dizer... que venham tirar fotos de vocês.

— Eu acho que ele faz bem. Isso mostra aos outros, ao pessoal lá de fora, como nós vivemos aqui. Quem somos.

— Se as pessoas quisessem ver quem vocês são, deixariam vocês sair, não...

Eugénie se interrompe. Então decide ficar quieta. Não é hora de incitar uma rebelião e prejudicar suas chances de sair. Depois de ter lançado pratos e xingamentos na cabeça das enfermeiras nos dias anteriores, é mais prudente não chamar atenção. Além disso, às vezes é preciso escolher nossas brigas. Não é possível, nem mesmo pertinente, se revoltar contra tudo o tempo todo, atacar todos os indivíduos e todas as instituições causadoras de injustiças. A indignação é uma emoção que nos domina e não deve ser desperdiçada. Eugénie sabe que, desta vez, sua prioridade não é o direito dos outros, mas o seu. A ideia é egoísta e lhe causa vergonha, mas por enquanto é assim que vai ser: ela precisa primeiro se preocupar em sair dali.

Thérèse pousa as agulhas de tricô e verifica o tamanho de seu xale.

— Menina, eu já expliquei a você... Tem gente que não quer sair daqui. Eu não sou a única. Mesmo se derrubassem os muros, nós não nos mexeríamos. Já imaginou se fôssemos postas na rua de um dia para o outro, sem família, sem saber o que fazer? Seria criminoso. Não. Não, o hospital não é perfeito, mas aqui nos sentimos protegidas.

A detonação do obturador volta a provocar o mesmo grito de surpresa no grupo de espectadoras. Já a mulher acamada fica com medo e enfia a cabeça embaixo da coberta, esfregando as pernas no lençol com ainda mais força.

Louise se senta na cama e olha para o vestido estendido sobre o colo de Eugénie.

— E então? Aqueles buracos horríveis já estão fechados?

— Pode conferir.

Louise examina atentamente cada prega do tecido colorido. Depois de uma inspeção minuciosa, um sorriso largo embeleza seu rosto infantil. Ela desce da cama, leva o vestido à cintura e ergue o queixo.

— Só faltam seis dias para o baile. Vou ser pedida em casamento com este vestido!

Segurando a fantasia com força contra o corpo, Louise gira e faz rodar os babados da barra do vestido. Logo depois, sai galopando entre as cadeiras, dançando ao som de acordes que apenas ela ouve, rodopiando segundo seu ritmo e sua vontade, imaginando o momento em que ela, Louise, órfã de Belleville, se tornará, diante da bela Paris, noiva de um médico.

Após o jantar, Geneviève e Eugénie saem discretamente do dormitório. A intendente se muniu de um lampião a óleo e abre caminho pelo corredor já familiar para Eugénie. A interna segue de cabeça baixa a Anciã. Certa apreensão enrijece suas pernas. Ela nunca tentou buscar uma presença. Em todas as ocasiões, elas apareceram sem que ela as invocasse, sem mesmo que ela quisesse. As visitas permanecem um mistério por vários motivos, e atravessar a fronteira do mundo dos vivos nunca é um momento que ela aprecia. Mas sua ansiedade também vem, com certeza, do fato de sua libertação depender da intendente. Se Blandine não aparecer, ou se ela se apresentar mas não der respostas satisfatórias a Geneviève, a chance de Eugénie sair dali vai diminuir. Geneviève só vai ajudá-la se for convencida. Então Eugénie chama. À medida que se aproxima do quarto, a jovem chama silenciosamente a menina que já se manifestou duas vezes, a adolescente pálida e ruiva que pediu que ela mencionasse sua presença a Geneviève, que revelou seus segredos para provar à irmã que estava ali. Eugénie caminha e pensa no rosto dela, diz seu nome, esperando que, em algum lugar, Blandine a escute e apareça.

Ao longe, o som de passos faz Geneviève e Eugénie levantarem a cabeça ao mesmo tempo. No fim do corredor, uma enfermeira se aproxima. Eugénie a reconhece e ruboriza. Foi ela que levou as refeições no dia seguinte ao seu isolamento e ficou morrendo de medo por causa do espetáculo de sua crise de fúria.

Quando chega até elas, a enfermeira também reconhece Eugénie. Ela empalidece e interroga a intendente com um olhar inquieto.

— Precisa de ajuda, sra. Geneviève?

— Está tudo bem, Jeanne, obrigada.

— Eu não sabia que ela tinha permissão para sair.

— Eu permiti que ela fosse se lavar. Além disso, ela se acalmou. Não é verdade, Cléry, que você se acalmou?

— Com certeza, senhora.

Geneviève lança um sorriso tranquilizador para a jovem enfermeira e segue seu caminho. Não demonstra nem um cisco de preocupação, mas não deixa de sentir certa angústia. Desde que entrou no corredor com Eugénie, seu coração bate mais forte. Segurar o lampião a óleo impede que sua mão direita trema. Por outro lado, a esquerda teve que ser escondida no bolso dianteiro do avental branco.

Ao chegar diante da porta, Geneviève pega o molho de chaves, abre a tranca com um tilintar confuso e deixa Eugénie entrar. Ela espera a enfermeira desaparecer no fim do corredor, confere para ver se nenhuma outra testemunha está por perto e também entra no quarto.

Sentada na beira da cama, Eugénie tira as botas com uma expressão dolorosa e massageia por um instante as panturrilhas inchadas. Geneviève pousa o lampião na mesa de cabeceira, põe as mãos nos bolsos dianteiros do avental e tira um punhado de velas brancas. Então as entrega a Eugénie, que não entende.

— Quer que eu as acenda? — pergunta Geneviève.

— Para quê?

— Para a sessão, óbvio.

Surpresa, Eugénie observa a Anciã e então sorri.

— Não é preciso fazer cerimônia. Se leu Allan Kardec, a senhora deveria saber.

Incomodada, Geneviève põe as velas de volta no bolso.

— Ele não tem o monopólio sobre a verdade. A obra dele é só uma teoria.

— A senhora acredita em Deus, sra. Geneviève?

Eugénie puxa as pernas para cima da cama, se senta de pernas cruzadas e se apoia na parede. Seus olhos escuros analisam Geneviève, que parece surpresa com a pergunta.

— Minhas crenças pessoais só dizem respeito a mim.

— Não é preciso acreditar para que as coisas existam. Eu não acreditava em espíritos, mas eles existem. Podemos nos recusar a crer, nos dispor a acreditar ou desconfiar, mas não podemos negar o que nos é demonstrado. Este livro... me fez entender que eu não sou louca. Pela primeira vez, tive a sensação de não ser a anormal em meio à multidão, e sim a única normal em meio aos outros.

Geneviève olha para Eugénie. É óbvio que aquela moça não é louca. Desde o início ela desconfiava disso. Talvez tivesse sido melhor para Eugénie que ela nunca tivesse mencionado o nome de Blandine. Talvez tivesse sido melhor, sim, que ela nunca provasse, de maneira nenhuma, seu dom para Geneviève. Assim, a intendente não a teria observado com um misto de medo e curiosidade. Dois ou três exames clínicos teriam eliminado qualquer suspeita de atividade neurológica anormal. Eugénie poderia ter sido mandada para casa em menos de um mês. Mas as coisas haviam se complicado. Primeiro, Eugénie tinha contado tudo. Falado demais. Ela evocara detalhes que só poderia saber se tivesse entrado na casa de Geneviève na ausência dela. E, sobretudo, dera um show diante de toda a equipe médica. Tinha berrado, gritado e xingado por vários dias. Mesmo que a defendesse para seus superiores, Geneviève ficaria surpresa se alguém aceitasse dar alta a Eugénie.

A intendente olha rapidamente ao redor. Sente-se um pouco ridícula por estar ali, trancada naquele quarto, na companhia de uma estranha, esperando a chegada de um fantasma que, para piorar, é sua irmã.

— Então... o que temos que fazer?

— Nada.

— Nada?

— Vamos esperar que ela chegue. É só isso.

— Você não tem que... invocá-la?

— Na verdade, é a senhora que a faz aparecer.

A frase deixa Geneviève perturbada. Ela põe as mãos para trás e anda de uma ponta à outra do cômodo. Tem os dentes cerrados. Um instante se passa. De tempos em tempos, do outro lado da porta, passos atravessam o corredor e as duas mulheres prendem a respiração. Quando os passos se afastam, seus corpos voltam a relaxar. No pátio, atrás das venezianas fechadas, miados de gatos errantes se erguem de repente em meio à noite: dois felinos acabaram de se encontrar e estão brigando, defendendo um pedaço de rato ou de jardim. Por vários minutos, os miados dos dois se enfrentam, se ameaçam e então vêm o corpo a corpo, a briga e as arranhadas ferozes. Eles se engalfinham e chiam até que um vence a luta, ou os dois batem em retirada, e pouco a pouco a calma retorna e o hospital volta a dormir.

Mais de uma hora se passa. Ansiosa, Geneviève se levanta da ponta da cama em que havia se sentado.

— E então? Nada ainda?

— Eu não estou entendendo... Ela costuma estar aqui.

— Você mentiu para mim? Desde o início?

— Claro que não. Ela estava aqui nas duas vezes que a senhora veio.

— Chega. Eu sabia que não devia ter ouvido você. Agora vai ficar aqui.

Eugénie não tem tempo de responder. Geneviève se dirige até a porta a passos irritados. Pega na maçaneta, mas não consegue abri-la. Sua mão força, empurra, não entende o que há de errado.

— Mas o que é isso?

— Ela está aqui...

Geneviève se vira. Na cama, Eugénie levou a mão à garganta. Tem dificuldade para engolir e a cabeça levemente inclinada para a frente. Seu rosto fica pálido tão bruscamente que a intendente estremece.

— É... É o seu pai... Ele passou mal... Ele se machucou...

Eugénie desabotoa a gola do vestido para poder respirar melhor. Geneviève põe a mão na barriga embrulhada de medo.

— Do que você está falando?

— A cabeça dele bateu... na quina da mesa de madeira da cozinha... Ele se machucou na altura da sobrancelha esquerda... Ele desmaiou.

— Mas como você sabe?

Eugénie fecha os olhos e muda a postura. Sua voz está igual, mas ela fala em um ritmo monótono, como se recitasse um texto sem emoção. Geneviève recua com um passo aterrorizado e se apoia na porta.

— Ele está deitado no piso preto e branco da cozinha... Aconteceu esta noite... Seu pai se sentiu mal depois do jantar... Hoje de manhã, ele foi ao cemitério... Pôs tulipas amarelas no túmulo de sua mãe e de Blandine... Dois buquês de seis flores... Ele precisa de ajuda. Vá logo, Geneviève.

A jovem abre os olhos e encara o nada. Suas costas estão curvadas para a frente, a respiração parece fraca. Seus membros estão pesados, perderam toda a energia. Sentada na cama, imóvel, com os olhos arregalados, ela parece uma boneca de pano maltratada por uma criança.

Por um instante, Geneviève fica paralisada. Tem milhares de perguntas a fazer, mas não consegue falar. Sua boca está entreaberta em uma expressão de estupor. De repente, uma onda de energia toma suas pernas, mas não por vontade própria. Geneviève dá meia-volta, baixa bruscamente a maçaneta — que, desta vez, se deixa baixar —, abre a porta com força, fazendo-a bater contra a parede, e sai correndo daquele quarto em que tudo começou.

9

13 de março de 1885

A cidade de Clermont ainda dorme quando Geneviève chega à casa do pai.

Tudo aconteceu muito rápido na véspera. Ela se lembra de ter saído correndo do quarto, encontrado duas enfermeiras no caminho e avisado que iria viajar. A intendente tinha atravessado o pátio a passos apressados e subido na primeira carruagem que descia pelo Boulevard de l'Hôpital. As ruas de Paris estavam agitadas, como se transeuntes e observadores tivessem ficado sabendo do que havia acontecido naquele quarto.

Um último trem pararia em Clermont, assim como em cerca de dez outras cidades no caminho. Depois de se sentar, Geneviève notou que ainda usava o uniforme do hospital. Ela passou a mão sobre as pregas do vestido branco, como se aquele gesto pudesse apagar milagrosamente os defeitos de sua roupa de trabalho. Uma olhada rápida no vidro lhe mostrou seu reflexo: seu rosto a assustou. Bolsas cinzentas marcavam seus olhos. Fios loiros escapavam de todo o seu coque. Ela empurrou as mechas cansadas para trás com a ponta dos dedos. Os passageiros do vagão encaravam a enfermeira esbaforida. Geneviève sentiu que todos já tinham opinião formada sobre ela, que consideravam seu comportamento anormal e nada do que ela pudesse fazer ou afirmar mudaria o julgamento deles. Anos no La Salpêtrière haviam feito a intendente compreender que boatos causam mais estrago que os fatos, que uma alienada, mesmo curada, continua sendo alienada aos olhos dos outros e que nenhuma verdade pode reabilitar um nome que uma mentira maculou.

O trem apitou, lançando um grito que fez estremecer a estação. Os mecanismos da enorme máquina preta ganharam vida pouco a pouco, e as rodas começaram a girar pesadamente em um movimento esmagador intermitente.

Cansada dos olhares que pesavam sobre ela, Geneviève apoiou a testa contra o vidro e dormiu logo depois. Seu sono foi profundo. Nenhum sonho perturbou sua noite. Nas raras vezes que um movimento brusco sacudia a cabine ou o apito do trem soava ao sair da enésima estação, ela acordava e percebia quanto o cansaço assolava seu corpo e seu espírito. Era incapaz de abrir os olhos: apenas acordava, sentia que o trem ainda estava em movimento e se deixava adormecer outra vez. Teria sido capaz de dormir por dias. Mas, nos breves instantes em que ficava acordada, a imagem do pai caído no chão da cozinha a fazia lembrar por que estava ali. Queria gritar o nome dele, mas o pouco de força que tinha permitia apenas que chamasse pelo pai em silêncio, pedisse que ele aguentasse firme, que ela estava chegando, logo estaria lá.

Ela acordou ao nascer do sol. Com a testa ainda apoiada na janela, abriu os olhos: ao longe, sob um céu claro manchado de nuvens cor-de-rosa, a silhueta das montanhas da Auvérnia desenhava imensas ondas no horizonte. No meio dos vales da paisagem, o vulcão Puy de Dôme se erguia majestoso, mais alto e ainda mais digno que os outros, como um rei velando um reino de vulcões adormecidos.

O balanço do trem a acompanhou até a cidade. À medida que percorria as ruas de sua cidade natal, seu corpo continuava a balançar no ritmo da viagem. Acima dos telhados alaranjados, as duas torres gêmeas da catedral se elevavam em direção ao céu como picos ferozes e sombrios. A imagem da catedral escurecida, contrária à serenidade das montanhas verdejantes ao redor, tinha algo de definitivamente austero e assustador.

Geneviève pegou uma rua estreita e chegou à casa do pai.

A casa está em silêncio. Geneviève fecha a porta depois de entrar e dá dois passos no salão.

— Papai?

As venezianas estão fechadas. Um aroma de sopa de cebola toma o cômodo. Ela esperava encontrar o pai ali, sentado na poltrona de veludo verde, tomando, tranquilo, a xícara de café matinal. Não quer ter que descobri-lo na cozinha, inconsciente sobre o piso, ou coisa pior. Neste exato instante, quer apenas que Eugénie esteja errada, que tudo aquilo seja apenas uma mentira comum, que aquela louca tenha inventado essa história com o único objetivo de afastá-la do La Salpêtrière.

Geneviève cerra os punhos e se dirige até a cozinha.

O cômodo está vazio. Na mesa retangular, a louça da véspera seca sobre um pano de prato. Nenhuma mancha no chão. Suas pernas fraquejam. Ela pega uma cadeira e se deixa desabar. Sua mão agarra o assento. *Ela mentiu descaradamente. Tudo isso foi só um espetáculo. Como fui tola…* Geneviève baixa a cabeça e segura a testa com a outra mão, o cotovelo apoiado na coxa. Não sabe se está aliviada ou decepcionada. Não sabe mais o que esperar. Na verdade, se sente cansada. Ela fica um instante imóvel, inclinada para a frente. Então seu olhar nota uma marca escura no piso. Ela se agacha e franze a testa. Há sangue seco entre dois ladrilhos pretos e brancos.

Geneviève se levanta bruscamente e corre para a sala, onde uma senhora quase tromba com ela. Surpresas, as duas soltam um grito simultâneo.

— Geneviève, meu coração quase parou. Eu achei que tinha ouvido um barulho.

— Yvette... Meu pai...

— Foi Deus quem mandou você, eu juro. Seu pai passou mal ontem à noite.

— Onde ele está?

— Fique tranquila, ele está bem. Está na cama. Fiquei cuidando dele esta noite. Venha.

A vizinha sorri para a mulher que viu crescer. Pega na mão dela com ar tranquilo e a convida a subir até o segundo andar. Sua outra mão agarra o corrimão para ajudar o corpo envelhecido a chegar ao alto da escada.

— Georges e eu viemos trazer um pedaço de bolo para ele ontem. Ficamos preocupados quando ele não atendeu. Por sorte temos uma cópia da chave. Nós o encontramos no chão da cozinha. Mas seu pai tem boa saúde, já estava recuperando a consciência quando Georges e um outro vizinho o levaram para o quarto.

Geneviève escuta a história com emoção. Uma alegria quase eufórica a carrega até o alto da escada. Eugénie disse a verdade. Seu pai passou mal ontem à noite e se machucou. Não que haja alguma coisa que a deixe feliz no acidente. Mas o fato de ter acontecido significa que Blandine estava lá na noite anterior, com elas. Só ela poderia saber disso e avisar Eugénie. Geneviève também agarra o corrimão. A emoção a sufoca. Ela quer cair no choro, ou na gargalhada, quer pegar Yvette pelos ombros e explicar por que está ali, como ficou sabendo, que sua irmã olha por ela e pelo pai, quer sair e gritar aquilo por todas as ruas da cidade.

A senhora percebe a agitação de Geneviève e se vira. Então abre um sorriso consolador.

— Não chore, minha querida. Foi só um machucado na altura da sobrancelha. Seu pai é forte. Como você.

Ao chegar ao alto da escada, Yvette deixa Geneviève passar primeiro. Sempre que volta àquele quarto, dois dias por ano, no Natal, aquele cômodo em que o tempo parou, entre os móveis em que ninguém mexeu, ela sente como se voltasse a ser uma menininha. A cômoda ocupa a parede da esquerda, as duas mesinhas de cabeceira ficam dispostas de ambos os lados da cama e cortinas de renda branca cobrem as pequenas janelas. A madeira range regularmente, a poeira sob a cama vem sendo ignorada e pouca luz penetra no espaço estreito. Não é um lugar caloroso nem realmente austero: é familiar.

Deitado sob o edredom azul desbotado, com a cabeça apoiada em dois travesseiros, seu pai fica impressionado ao ver a filha. Não tem nem tempo de abrir a boca antes que Geneviève se precipite até sua cabeceira e beije sua mão.

— Papai... estou tão feliz.

— Mas o que você está fazendo aqui?

— Eu... Eu recebi uma folga. Quis fazer uma surpresa para o senhor.

O velho encara a filha com expressão surpresa. O osso orbital esquerdo mostra o ferimento da véspera. Ele parece cansado, mas não apenas por causa do incidente. Desde o Natal anterior, seu rosto está mais sério. Ele emagreceu e seus olhos se estreitam para enxergar melhor. É a primeira vez que parece ter mais dificuldade de entender o que lhe dizem. Ele observa os outros falarem como se estivessem se expressando em uma língua estrangeira, faz uma pausa para assimilar o que dizem e, por fim, responde. Geneviève aperta a mão fina e enrugada do pai. Existem poucos sentimentos mais dolorosos do que ver nossos pais envelhecerem. Constatar que a força, até ali encarnada por figuras consideradas imortais, foi substituída por uma fragilidade irreversível.

O homem pega a cabeça da filha com ambas as mãos e se inclina para beijar sua testa.

— Estou feliz em ver você também, apesar de surpreso.

— O senhor precisa de alguma coisa?

— Só quero dormir. Ainda está cedo.

— Está bem. Vou ficar o dia todo.

O pai volta a se deitar no travesseiro e fecha os olhos. Sua mão esquerda está pousada sobre a cabeça da filha. De joelhos ao pé da cama, Geneviève não tem coragem de se mexer e tirar aquela mão que, até ali, nunca quisera abençoá-la.

O dia passa lentamente. Deixando o pai descansar no segundo andar, Geneviève retoma seus hábitos: a vassoura é deslizada sob os móveis, as camisas e calças do velho homem são passadas com cuidado, a poeira é retirada das prateleiras com um espanador, as janelas são abertas para deixar o ar fresco entrar. Pão, legumes e queijo são trazidos da feira e as folhas mortas são retiradas do pequeno jardim. Tudo é feito entre visitas regulares ao quarto para levar uma xícara de chá e garantir que não falte nada ao homem. Geneviève passa de um cômodo a outro em silêncio. Ela trocou o uniforme pelo vestido azul que deixa na casa do pai. Seus cabelos, finalmente soltos, caem em cachos sobre os ombros. Ela passa da limpeza aos cuidados com o pai com um ar sereno.

Naquela casa silenciosa, fazia muito tempo que um ar de tristeza ecoava. Primeiro, sua irmã tinha deixado o local de maneira brutal. Sua mãe acompanhara a filha alguns anos depois. O pai começou a se sentir cansado demais para exercer a profissão, e nenhum paciente mais passava pela porta de entrada. A ausência de vozes, movimentos e risadas na residência modesta podia ser sentida. Todo Natal que ia passar em casa, Geneviève achava que tudo o que aquelas paredes continham parecia sinistro: as poltronas nas quais ninguém mais se sentava, o quarto de Blandine no segundo andar, que era mantido fechado, o número excessivo de pratos para um único homem, as flores mortas e as ervas daninhas no jardim abandonado. Sem as visitas regulares do casal vizinho, a casa já teria perdido qualquer sinal de vida, antes mesmo de seu último ocupante partir.

O relógio da sala bate quatro horas da tarde. No fogão, com a ajuda de uma colher de pau, Geneviève mexe os legumes em uma panela de ferro. Sua mão treme um pouco. O cansaço da viagem e a emoção são fortes. Ela põe a tampa sobre o ensopado e vai se sentar no sofá. As almofadas são duras, o assento não é confortável e exige uma postura reta, mas pelo menos ela não vai ficar tentada a dormir. Com o cotovelo apoiado no braço da poltrona, passa a mão pelos cabelos e deixa o olhar vagar pelo cômodo. Hoje ela não sente a morosidade costumeira na casa. A biblioteca, as poltronas, os quadros pendurados nas paredes, a mesa de jantar oval — nada daquilo lhe parece mais taciturno. Ausência não significa abandono. A casa de sua infância pode não ser mais habitada por sua irmã nem por sua mãe, mas talvez ainda haja ali algo das duas mulheres — não os pertences delas, mas por que não uma ideia, uma presença, uma intenção? Geneviève pensa em Blandine. Imagina que a irmã está ali, em algum lugar, em um canto do cômodo, a observando. Essa ideia maluca a tranquiliza. Será que existe ideia mais consoladora do que saber que as pessoas que amamos e se foram estão ao nosso lado? A morte perde um pouco da seriedade e da fatalidade. E a existência ganha valor e sentido. Não há um antes e um depois, e sim um todo.

De costas retas no sofá, sentada em meio a um silêncio que nada vem perturbar, Geneviève se pega sorrindo. Não é o mesmo sorriso que abre para a equipe de médicos do hospital. Neste exato instante, seu sorriso é sincero, raro, impressionante. Uma de suas mãos esconde os lábios alegres, como se tivesse vergonha. Geneviève fecha os olhos e uma inspiração profunda enche seu peito: ela finalmente sabe o que é acreditar.

A noite caiu sobre os telhados da cidade auvérnia. Na rua, os últimos sons de cascos e algumas vozes podem ser ouvidos do lado de fora da janela. Nas cidades pequenas, depois que o sol se põe, ninguém nunca fica muito tempo na rua. Todos se apressam para voltar para casa, passando pelas portas fechadas das lojas. Em todos os cantos, janelas se fecham e luzes dão lugar à escuridão. Logo nenhum ruído corre pelas ruas nem agita as casas. Ali, o sol marca o ritmo dos dias e a hora de dormir.

Na cozinha, o pequeno fogão a lenha aquece os corpos e ilumina parte do cômodo. Um lampião a óleo foi posto sobre a mesa em que Geneviève e o pai jantam. Colheres de madeira raspam o fundo das tigelas para pegar as últimas gotas de caldo. Geneviève havia insistido em levar a sopa ao segundo andar, mas o pai, cansado de ficar na cama, preferiu descer.

— Quer um pouco mais de sopa, papai?

— Não, obrigado. Não estou mais com fome.

— Ainda tem para os próximos dias. Devo retornar a Paris hoje à noite. Amanhã de manhã teremos uma aula pública e eu preciso supervisionar os últimos preparativos para o baile.

O pai volta o rosto para a filha. Com um olhar rápido, examina seus traços. Alguma coisa mudou. Ela não parece doente, não. Sua filha está menos severa. Menos rígida. Seus cabelos parecem mais loiros, e os olhos, mais azuis também.

— Você conheceu um homem, Geneviève?

— Não. Por que está dizendo isso?

— Então o que veio me contar?

— Não estou entendendo.

O pai pousa a colher na tigela e enxuga os lábios com um guardanapo quadriculado.

— Você disse que precisa voltar para Paris hoje à noite. Por que veio me ver e ficou só um dia? Deve ter vindo me contar alguma coisa. Está doente?

— Não. Pode ficar tranquilo.

— E então? Não fique enrolando. Não tenho paciência para isso.

Geneviève cora. É só diante do pai que ela cora. Suas pernas são puxadas para trás e os pés do banco se arrastam sobre o piso. Ela se levanta e dá alguns passos pela cozinha. Suas mãos estão apertadas uma na outra.

— Eu tenho um motivo... Mas não sei o que o senhor vai achar dele.

— Eu já julguei você alguma vez?

— Nunca.

— Eu só julgo a má-fé e a mentira. Você sabe disso.

Geneviève anda de um lado para o outro, nervosa, diante do fogo que crepita docemente. A gola abotoada do vestido aperta seu pescoço, mas isso não importa.

— Eu... Eu soube que você estava mal. Foi por isso que vim.

— Como ficou sabendo? A Yvette ainda nem tinha escrito para você.

— Eu soube. Vim o mais rápido que pude.

— O que você está querendo dizer? Que agora está vendo coisas?

— Eu, não.

Geneviève se senta ao lado do pai. Talvez ela devesse guardar aquele segredo. Mas compartilhá-lo permite que tudo se torne concreto, tangível. Ela quer que outra pessoa saiba dos fatos. Quer que o pai acredite naquilo como ela acredita.

— Fico tão assustada quanto feliz por confessar isso ao senhor. Bom... foi Blandine. Blandine me avisou.

O pai fica parado. Uma característica de médico: ele não sugere nada ao paciente quando uma doença grave é descoberta. Com os cotovelos apoiados na mesa, observa Geneviève se levantar e se expressar com uma eloquência que nunca teve.

— Uma nova moça foi internada, chegou na semana passada. A família afirma que ela fala com os mortos. Eu não acreditava nisso. O senhor sabe que herdei seu espírito cartesiano. Mas ela me provou o contrário. Ela me provou, pai. Três vezes. Eu sei, deve parecer absurdo. Também foi para mim, no início. Mas, se tiver que jurar apenas uma vez na vida, eu vou jurar agora, na frente do senhor: Blandine falou com ela. Contou coisas que aquela moça não poderia saber! E foi Blandine quem me avisou sobre o seu acidente. Ela está cuidando de nós, papai. De mim, do senhor. Ela está sempre aqui.

Geneviève volta a se sentar de repente e pega a mão do pai entre as suas.

— Eu demorei muito para acreditar. Imagino que o senhor também vá demorar. Se ainda duvidar, vá até o hospital. Vá conhecê-la e verá. Blandine está perto da gente. Talvez até esteja aqui na cozinha com a gente neste exato momento.

O pai puxa a mão e a pousa sobre a mesa. Fica imóvel por um longo tempo, interminável para Geneviève, com o rosto voltado para a tigela de comida. Demonstra a mesma concentração que tinha durante os exames clínicos, a expressão preocupada com sintomas que acabou de descobrir, a mente ocupada em pensar no diagnóstico mais provável. Então acaba balançando a cabeça.

— Eu sempre soube que trabalhar com loucas um dia enlouqueceria você...

Geneviève para. Quer estender a mão para o pai, mas não consegue.

— Papai...

— Eu poderia escrever para o La Salpêtrière e contar a eles o que acabou de me dizer. Mas não vou fazer isso. Você é minha filha. Porém quero que deixe esta casa.

— Por que vai me mandar embora? Eu confiei no senhor.

— Você está falando de uma morta. Uma morta que veio falar com você. Tem noção disso?

— Justamente, papai. Confie em mim. O senhor me conhece, eu não sou louca.

— Não é isso que as suas loucas repetem o dia todo?

Geneviève fica zonza. O fogo que crepita no átrio a deixa com calor. Ela se vira, ainda sentada no banco, dando as costas para a mesa, e olha em volta: mais nada naquela cozinha lhe é familiar. As panelas empilhadas no chão, os lampiões presos à parede, a mesa de madeira comprida em que, ainda criança, ela fazia as refeições com a irmã e os pais. Até o homem sentado no banco lhe parece estranho. De repente, ele passou a se parecer com aqueles pais, todos aqueles pais que ela viu sentados em sua sala, abalados pelo desprezo e pela vergonha de uma filha que não queriam mais, aqueles pais que assinavam, sem nenhum remorso, fichas de internação de uma filha já esquecida. Geneviève se levanta, mas se sente zonza e bate o joelho no pé da mesa. Ela tropeça e se segura com as duas mãos na parede. Tenta recuperar o fôlego e se vira para o homem, que se mantém imóvel.

— Papai...

Ele se digna a olhar para ela. Sim, é este olhar que Geneviève reconhece: o dos pais que não têm mais nenhuma misericórdia pelas filhas.

Uma mão sacode o ombro de Louise.

— Louise, levante-se. Você tem aula.

Em torno da enfermeira, que tenta fazer a jovem acordar, o dormitório desperta. As mulheres deixam as camas com preguiça, põem um vestido, jogam um xale em torno dos ombros, prendem os cabelos com calma e deixam o cômodo para ir até o refeitório. Do lado de fora, a chuva dos dois dias anteriores continua. Nos gramados do parque, as poças crescem, riachos correm por entre as pedras e os corredores molhados estão desertos.

— Louise!

Com um gesto contrariado, a menina puxa a coberta até o rosto e se vira para o outro lado.

— Estou cansada.

— Não é você quem decide isso.

Louise arregala os olhos e ergue o corpo até se sentar na cama. A enfermeira recua diante da jovem louca.

— Onde está a sra. Geneviève? Por que não foi ela quem me acordou hoje?

— Ela não está no hospital.

— Ainda? Mas ela precisa voltar. Tem aula hoje!

— Sou eu que vou levar você desta vez.

— Não. Não, não vou sem ela.

— Ah, é?

— Não.

— É melhor não irritar o Charcot. O doutor conta com você. Você sabe disso.

Como uma criança que cede à chantagem, Louise baixa os olhos. No dormitório, apenas as gotas de chuva batendo contra o vidro podem ser ouvidas. O cômodo esfriou e a umidade deixa a pele de todas arrepiada.

— E então? Quer deixá-lo irritado?

— Não.

— Foi o que eu imaginei. Venha comigo.

Na antessala do auditório, o mesmo grupo de médicos e residentes espera a jovem alienada. A enfermeira abre a porta, segurando o braço da paciente com uma das mãos. Babinski se aproxima das duas.

— Obrigado, Adèle. A sra. Gleizes ainda não chegou?

— Nós ainda não a vimos.

— Bom. Vamos começar sem ela.

Babinski lança um olhar rápido para Louise: as pequenas mãos gorduchas da menina tremem levemente e mechas de cabelo caem sobre seu rosto pálido e inquieto.

— Adèle, abotoe direito o vestido dela e a penteie de um jeito melhor. Deixe a menina apresentável. Ela parece uma retardada.

A enfermeira reprime um suspiro de irritação. Sob o olhar dos homens silenciosos, pega Louise pelos ombros e abotoa seu vestido. Depois, com dedos desajeitados, puxa os cabelos escuros e grossos para trás, enfiando as unhas na testa e no couro cabeludo da jovem Louise, que morde os lábios para conter um grito. A menina espera que Geneviève apareça a qualquer instante. Fica atenta ao barulho de passos no corredor e encara a maçaneta da porta, torcendo para que ela se mexa. Tudo parece incerto sem a intendente. A mulher, que não soube ganhar a afeição das alienadas, conseguiu se tornar indispensável para o bem-estar delas. Ela acaba com as lacunas, resolve problemas antes que se instalem e tranquiliza Louise durante as aulas públicas. Sua presença atesta certa atenção, certo cuidado e dá confiança à moça que sobe ao palco. Geneviève é a tutora da ala, a peça sem a qual aquela engrenagem incerta quebraria. É a mulher que sustenta todas as outras. E, quando entende que ela não vai aparecer naquela manhã, Louise se deixa levar para o auditório com a apatia de alguém que perdeu toda a esperança.

Louise sobe no palco, e o público, totalmente masculino, prende a respiração. A madeira do piso estala sob seus pés. Normalmente brincalhona, sua expressão desiludida não costuma ser vista por ninguém. Ela avança até o meio do palco sob o olhar dos cerca de quatrocentos espectadores, ávidos por um tique, um gesto, qualquer coisa que prove que ela é realmente louca. Louise se deixa levar. Ignora que mão a manipula, que voz fala com ela, a hipnotiza, que braços a seguram quando sente que está caindo para trás. Ela se deixa ir, sabendo que voltará a si dali a cerca de quinze minutos. A sessão então terá acabado, Charcot ficará satisfeito e ela poderá voltar a dormir para esquecer aquele momento ruim. Sim, por sorte o sono existe. Assim não é preciso pensar em nada.

* * *

Mas a volta à consciência não se parece com nada que Louise está acostumada a sentir. Quando abre os olhos, os médicos estão espremidos em torno dela, seus rostos preocupados, debruçados sobre seu corpo estendido. Entre as cadeiras da plateia, um murmúrio nervoso, estranho, ecoa. Seus ouvidos zumbem e ela balança a cabeça para afastar o barulho que a oprime. Então vê Charcot entrar no círculo de homens que se formou em torno dela. O médico se agacha à sua direita e mostra o instrumento que tem na mão: uma vareta de metal longa e pontuda. Ela não ouve o que ele diz. Ele apoia a ponta afiada da vareta no alto do braço direito nu da menina, já que a manga de seu vestido foi puxada. Por reflexo, ela tenta afastar o braço para evitar a dor, mas não consegue se mexer — seu braço está paralisado. Charcot continua o exame. Apoia o instrumento em todo o lado direito do corpo de Louise, prostrado no chão: na mão, nos dedos, no quadril, na coxa, no joelho, na tíbia, no pé e por fim nos dedos do pé. Os médicos, com um ar inquieto, esperam uma expressão, uma reação de Louise. Charcot, com o rosto mais concentrado que preocupado, pega a mão esquerda da menina. Espeta a palma dela com o instrumento e Louise solta um pequeno "ai!" de dor, que dá um susto em todo o círculo formado ao seu redor.

— Hemiplegia lateral direita.

Isso ela ouviu. Já está lúcida. Com a mão esquerda, logo pega a mão direita, imóvel sobre seu ventre, antes de sacudi-la e estapeá-la, sem sentir nada. Então belisca o braço direito, dormente, belisca a perna direita, que não consegue mais erguer, e se irrita com seu corpo, que não responde mais de um lado.

— Não estou sentindo mais nada. Por que não estou sentindo mais nada?

Ela xinga, solta palavrões, continua a torturar os membros direitos paralisados na esperança vã de estimulá-los, tenta se equilibrar dos dois lados para fazer alguma sensação, mesmo pequena, voltar a eles. Então a raiva dá lugar ao pânico e ela berra, tenta se levantar sem conseguir, pede socorro e seus apelos invadem o auditório e deixam os espectadores chocados. E neste momento, apenas neste momento, entre os corpos paralisados de médicos e residentes que a observam sem saber o que fazer, Geneviève aparece. A intendente, com a expressão exausta de duas noites passadas no trem, descobre Louise no chão. A menina, por sua vez, a vê e a chama com uma voz rasgada:

— Senhora!

Louise estende o braço esquerdo na direção da mulher que ela não esperava mais, e no mesmo instante Geneviève se ajoelha e pega a menina nos braços. As duas ficam assim, abraçadas, dividindo uma dor que apenas elas entendem. Atrás delas, o público masculino desconcertado, inseguro, não tem coragem nem de respirar.

10

15 de março de 1885

Place Pigalle. Aos pés de um dos postes, um funcionário da prefeitura estende uma haste e acende o lampião a gás. A chuva parou. As calçadas estão úmidas e riachos de água ainda escapam da boca das calhas. Nas janelas, venezianas de madeira são sacudidas para que sequem. As lojas e cafés derramam a água recolhida pelos toldos batendo na lona com cabos de vassoura. O acendedor de lampiões atravessa a Place Pigalle para continuar iluminando o crepúsculo.

Ao chegar ao alto da Rue Jean-Baptiste-Pigalle, Geneviève para. Põe as mãos nos quadris e recupera o fôlego. O caminho é longo do La Salpêtrière até a ladeira íngreme que leva a Montmartre. Ela caminhou rápido, tão rápido que seu chapéu quase alçou voo várias vezes com a força do vento dos Grands Boulevards. Com medo de chegar a Pigalle após o cair da noite, ela pegou o trajeto antes do fim do horário de trabalho, com passos apressados. Na última ladeira do caminho, ficou impressionada ao distinguir de longe, bem no alto da colina de Montmartre, os andaimes da nova basílica de que Paris inteira fala. A silhueta do monumento imponente se desenhava no alto da colina, levando de volta aos parisienses uma lembrança que eles adorariam esquecer: a da Comuna de Paris.

Geneviève examina os arredores com desconfiança. A calma que reina no local a impressiona. Se acreditasse nos jornais e romances, o bairro pareceria, de início, pouco sedutor. Composto de cabarés e prostíbulos, supostamente reúne toda uma população de viciados e marginais, mulheres de vida fácil e maridos infiéis, excêntricos e artistas. Não há nenhum outro bairro em Paris em que a moral seja tão achincalhada e os sentidos tão excitados. Por causa dessa reputação ácida, Geneviève nunca havia posto os pés na região e nunca pudera verificar essas afirmações. Sua vida foi construída entre seu quarto e o La Salpêtrière, sem que ela sentisse vontade de visitar outros lugares e conhecer outros bairros de Paris.

Ela pega a calçada da direita. Um café ocupa a esquina, o Nouvelle Athènes. Dentro dele, a multidão é tão densa que não é possível distinguir mais os bancos cor de vinho tinto. Cansados da chuva interminável, os moradores do bairro se refugiaram entre as paredes amarelo-ocre de seu ponto de encontro habitual. A fumaça de tabaco se mistura ao ruído dos debates intelectuais. Alguns se exaltam, defendem suas ideias com mãos confiantes, pedem mais um absinto. Outros, mais comportados, observam a multidão e desenham a lápis croquis em suas cadernetas enquanto fumam com o olhar voltado para baixo. Ali, as mulheres têm o olhar irônico e a cintura sedutora, e os homens, palavras desafiadoras e uma atitude indiferente e engajada. Cada café tem seu clima, e o Nouvelle Athènes é um poço de efervescência óbvia — até Geneviève, uma estranha atenta, nota isso enquanto passa pela fachada. Naquele lugar, cabeças vanguardistas se encontram e se inspiram.

Seguindo na direção perpendicular ao Boulevard de Clichy, Geneviève pega a Rue Germain-Pilon e entra em um prédio de quatro andares. O vão da escada é exíguo, úmido e escuro. No último andar, atrás da porta da direita, risadas femininas são ouvidas. Geneviève bate três vezes. Dentro do apartamento, passos se aproximam.

— Quem é?

— Geneviève. Gleizes.

A porta se abre e mostra uma jovem de boca vermelha brilhante, o que surpreende Geneviève: ela não está acostumada a ver rostos tão maquiados. A desconhecida percebe a surpresa da intendente, a analisa com insistência dos pés à cabeça e morde a maçã que tem na mão.

— O que a senhora quer?

— Jeanne está? Jeanne Beaudon.

— Ninguém mais a chama assim. Jeanne ficou no passado. É srta. Jane Avril agora. Como uma inglesa.

— Ah.

— Quem é a senhora?

— Geneviève Gleizes. Do La Salpêtrière.

— Ah.

A moça abre a porta. Ela veste uma camisola, também vermelha, que chega à altura dos joelhos. Flores decoram seu enorme coque.

— Entre.

No modesto apartamento, é preciso tomar cuidado para chegar à sala de estar: baús de roupas e fantasias, gatos que se esfregam nas pernas de todos, espelhos de pé, cômodas repletas de coisas, joias, acessórios, cadeiras de madeira espalhadas por todos os cantos. Na sala, onde aromas de rosa e tabaco se misturam, quatro mulheres jogam cartas, sentadas no chão ou no sofá. Iluminadas por lampiões a óleo, elas também estão vestidas de maneira leve e confortável: com simples camisolas, os braços nus ou cobertos por xales que elas mesmas tricotaram. Todas fumam e tomam pequenos copos de uísque.

Ao pé do sofá, uma morena baixinha e alegre olha rapidamente para o baralho e resmunga.

— Lison ganhou de novo. Não é possível.

— Isso se chama talento.

— Na verdade, isso se chama roubar.

— Não seja má perdedora. Vai ficar com a cara feia.

— É o seu perfume que me irrita. Está empesteando tudo daqui até a Place Clichy.

— Pelo menos não vou sentir cheiro de homem hoje à noite.

Quando as duas mulheres entram na sala, a mais jovem do grupo reconhece Geneviève. Sua boca se abre, perplexa. Ela abandona as cartas e estende as mãos para a intendente.

— Senhora, que surpresa. O que a traz aqui?

— Eu quis vir visitar você. Não está ocupada?

— Nem um pouco. Vamos até a cozinha.

Na cozinha rústica iluminada por velas, a menina de dezessete anos prepara um café no pequeno fogão. Há pouco mais de um ano, Jeanne ocupava o dormitório com as outras alienadas. Era uma menininha frágil e nervosa que tinha sido internada no La Salpêtrière. Vítima de crises de epilepsia e dos murros da mãe alcoólatra, fora salva, após se jogar em desespero no rio Sena, por prostitutas que passavam ali no mesmo instante e ficara dois anos com Charcot. No hospital, ela havia descoberto a dança, o movimento do corpo, de seu corpo. Ocupava o espaço e expressava uma graça que só queria ter a chance de existir. Ao sair, fora morar em Montmartre, onde continuara a dançar em tabernas, cabarés, onde quer que houvesse um palco em que pudesse se libertar de uma infância que havia tentado paralisá--la. Desde que saíra, fora visitar o hospital duas vezes. A cintura fina, o rosto oval e pálido, os olhos de cervo e a boca rebelde atraíam olhares e simpatia. Todos queriam ouvi-la falar, vê-la se deslocar no espaço. Ninguém se cansava daquela moça tão melancólica quanto carismática.

— Acho que não tem mais açúcar, senhora.

— Não tem problema. Sente-se.

Jeanne entrega a xícara a Geneviève e se senta diante dela a uma pequena mesa de madeira. A intendente une as mãos em torno da xícara quente. Não tirou o chapéu nem o casaco.

Pela janela, elas veem carruagens atravessarem a Place Pigalle.

— O baile da mi-carême deste ano já passou?

— Não, é daqui a três dias.

— Ah. As meninas devem estar animadas.

— É, estão ansiosas.

— E como ela está, Thérèse?

— Como sempre. Tricotando.

— Ainda tenho os xales que ela me deu. Sorrio quando os vejo e quando os uso.

— Isso não incomoda você? Ter coisas do hospital?

— Não, senhora.

— Quero dizer, isso não lhe traz lembranças ruins?

— De forma alguma. Eu adorei o La Salpêtrière.

— É mesmo?

— Sem a senhora, sem o dr. Charcot... eu nunca teria saído daquela situação. Foi graças a vocês que melhorei.

— Mas mesmo... mesmo parando para pensar hoje... não havia nada que incomodasse você? Em nenhum momento?

Surpresa, a moça olha para Geneviève. Pensa por um instante, depois vira o rosto para a janela.

— Foi lá que me senti amada pela primeira vez.

Geneviève também olha pela janela. Sente-se culpada por estar ali, por fazer essas perguntas — não em relação a Jeanne, mas em relação ao La Salpêtrière. Ela sente que está traindo o hospital. Nunca questionou as práticas ali adotadas. Até o momento, ninguém, nem mesmo os residentes, havia defendido mais aquela instituição. O nome do hospital e o do médico que fazia sua fama tinham sido postos em um pedestal por ela. Inclusive, ainda estavam nele. Mas uma dúvida havia se instalado. Como era possível acreditar em uma coisa por tanto tempo e um dia ser capaz de questioná-la? Para que ter certezas se elas podiam ser destruídas? Devia, então, ser impossível confiar em si mesma. Devia, então, ser possível recuperar a lealdade ao hospital cujos valores ela sempre havia defendido.

Geneviève pensa em Louise. Quando o trem chegara à estação de Paris naquela manhã, ela pegara a primeira carruagem que seguia na direção do La Salpêtrière. Ao chegar, correra até o auditório. Ainda nem havia passado pelas portas vai e vem e já ouvia os gritos de Louise vindos do auditório. Ao entrar, o que a havia chocado inicialmente tinha sido a inércia geral dos homens presentes. O corpo de Louise estava estendido no palco. Ela agitava o braço esquerdo, gritava, pedia socorro, mas nenhum homem intervinha, como se aquele desespero feminino os deixasse morrendo de medo. Geneviève já havia entendido o que estava acontecendo: de longe, notara a imobilidade no lado direito do corpo da menina. A intendente subira no palco, afastara os homens incômodos e instintivamente a abraçara. Nem havia parado para pensar naquele gesto, novo para ela. Nunca havia abraçado uma alienada — e nenhuma outra pessoa. O último abraço que tinha recebido havia sido de Blandine.

Geneviève segurara Louise contra seu corpo até a crise de choro da adolescente passar. Então a menina, exausta, havia sido levada para o dormitório e desculpas tinham sido pedidas ao público chocado.

Mais tarde, ainda naquela manhã, Babinski havia explicado a Geneviève que a sessão de hipnose tinha sido mais intensa que o normal e por isso a crise de histeria fora mais forte, o que havia provocado a hemiplegia no lado direito do corpo de Louise.

— É algo incrível e interessante para o estudo. Vamos trabalhar nisso agora. E vamos tentar reverter a paralisia na próxima aula.

O comentário havia incomodado a intendente. O cansaço das duas noites no trem a deixara ainda mais abalada. Desde as palavras que ouvira do pai, ela se sentia vulnerável e incapaz de raciocinar. Por isso, decidira retomar o serviço normalmente para não pensar. Foi apenas durante a tarde, quando ouviu duas alienadas mencionarem a pequena Jeanne Beaudon, que ela teve a ideia de visitar a moça que estivera entre aqueles muros e conseguira sair. Ela precisava falar com alguém que soubesse de tudo.

Na cozinha, Jeanne se levanta e procura no armário uma caixa de fósforos. Tira um cigarro do bolso do avental e o acende. De pé, observa com atenção a mulher loira com quem conviveu por dois anos. A intendente olha para a janela. Em seu rosto, a melancolia substituiu o rigor que parece tê-lo habitado desde sempre.

— A senhora mudou, sra. Geneviève.

— Mudei?

— Seu olhar. Não é mais o mesmo.

Geneviève toma um gole de café e mantém os olhos fixos na xícara.

— Talvez.

No La Salpêtrière, relâmpagos intermitentes alegram o início da tarde. Incentivadas pela pausa na chuva que parecia não acabar, as mulheres saíram para passear no jardim. Outras foram rezar na capela. De cabeça baixa diante da Virgem e do Cristo, elas oram em silêncio ou aos murmúrios. Rezam para ser curadas, rezam por seus maridos ou filhos, cujos rostos já foram esquecidos, ou rezam sem nenhum motivo especial, apenas para se dirigir a alguém, na esperança de que sua mensagem seja recebida em algum lugar, como se Deus estivesse mais disposto a ouvi-las do que uma enfermeira ou outra alienada.

No dormitório, ficaram as que fazem os últimos retoques em suas fantasias. Raios de sol iluminam as camas em que as mulheres estão sentadas. Sozinhas ou em grupo, elas cortam, costuram, dobram e colam com alegria tecidos e bordados. O baile vai acontecer dali a três dias. A impaciência agita os ânimos, e risadas nervosas e eufóricas explodem de tempos em tempos.

Em um canto do dormitório, afastada dos grupos de costureiras, Thérèse acaricia com cuidado os cabelos de Louise. A mais velha das internas abandonou as agulhas de tricô e observa a menina. Deitada de costas, com o braço direito dobrado, a mão paralisada na altura do seio, Louise deixa os dedos de Thérèse deslizarem afetuosamente por seus cabelos grossos. Desde a véspera ela não fala. Seu olhar passeia sem intenção precisa, sem ver nada realmente. As enfermeiras, de tempos em tempos, tentam fazê-la comer alguma coisa: um pedaço de pão ou de queijo. Um pedaço de chocolate até foi levado especialmente para ela, mas não adiantou. Sob os lençóis, a menina parece petrificada.

Da cama ao lado, Eugénie observa a cena. Desde a véspera, seguindo as ordens de Geneviève, ela foi autorizada a ficar no dormitório com as outras. Chegou no instante em que traziam Louise, que havia perdido a consciência. Thérèse, estupefata, largara o tricô para acolher a menina transformada por uma sessão.

— Ah, não, não, minha pequena Louise... O que fizeram com você?

Thérèse segurou as lágrimas enquanto ajudava os residentes a colocarem Louise na cama. A melancolia dominou o dormitório. Um dia depois, as moças estavam mais que felizes em poderem escapar daquele ambiente tedioso.

Eugénie está sentada na cama, de pernas e braços cruzados. Enquanto observa Louise, a mesma raiva surda domina seu peito. Sabe que não pode fazer nada. Como poderia se revoltar contra as enfermeiras, os médicos, *o* médico, aquele hospital, se qualquer palavra dita em voz alta a levaria para o isolamento ou faria um lenço embebido em éter ser colado em seu rosto?

Ela olha rapidamente para o jardim. Ao longe, algumas internas percorrem as trilhas iluminadas pelo sol. Ao vê-las, ela é dominada pela mesma sensação que tinha na infância — a que sentia quando os pais a levavam para passear no Parque Monceau. Os domingos de primavera e verão eram passados andando pelas trilhas principais, pelos pequenos corredores sombreados, observando o lago e suas colunas, atravessando a ponte branca com suas balaustradas, cruzando o caminho de outras crianças que brincavam, de mulheres cujo penteado ela admirava, de burgueses que marcavam ainda mais suas opiniões com a bengala. Ela também se lembra dos piqueniques em família nos gramados, da sensação da grama fresca sob a mão, do plátano cuja casca grossa ela acariciava, das andorinhas que voavam de um galho para outro, cantando, de toda uma multidão de guarda-chuvas e crinolinas, de crianças que corriam atrás de pequenos cachorros, de cartolas pretas e chapéus de flores, da paz imensa de um lugar em que o tempo ficava suspenso, onde era bom viver, de uma época em que ela e o irmão ainda podiam aproveitar o presente sem ter medo do futuro.

Ela balança a cabeça e afasta esses pensamentos. Sua natureza não é melancólica, mas as lembranças já bastariam para mergulhá-la em um torpor do qual ela não teria forças para sair.

Na cama à frente dela, Louise acaba virando na direção de Thérèse, o rosto redondo e pálido, parecido com a lua.

— Ele nunca mais vai me amar, Thérèse.

Thérèse, surpresa e depois aliviada por finalmente ouvir a menina falar, ergue as sobrancelhas e sorri.

— Quem?

— Jules.

A veterana da instituição se controla para não erguer os olhos para o céu e continua fazendo carinho nos cabelos de Louise.

— Ele já ama você. Foi você mesma quem me disse.

— É, mas... não assim.

— Vão curar você. Já vi Charcot curar paralisias parciais.

— E se não me curarem?

Thérèse se interrompe. Nunca viu Charcot tratar pacientes com hemiplegia. A desonestidade com Louise a incomoda, mas a mentira às vezes é mais que uma necessidade, é um conforto.

Uma voz vinda da entrada do dormitório assusta as três mulheres.

— Thérèse!

Todas viram a cabeça na mesma direção. À porta, uma enfermeira faz sinal para que a mulher se aproxime.

A Tricoteira põe a mão no ombro de Louise. A interrupção a deixa aliviada. Ela não queria mentir mais.

— Tenho que fazer um exame, Louise. Eu já volto. Vou deixar você em boa companhia.

Thérèse lança um sorriso para Eugénie e sai do dormitório. Na porta, seu corpo se enrijece ao passar por Geneviève, que entra no cômodo. As duas ficam imóveis ao se verem. Thérèse olha para a intendente com ar de tristeza e rancor.

— Você não a protegeu, Geneviève.

Thérèse sai do dormitório e deixa Geneviève parada ali. A crítica faz o peito da intendente apertar. Ela desliza o olhar até Louise: Eugénie está de pé ao lado da cama da menina. Eugénie não se mexe mais. Tem a cabeça levemente virada para a direita, como se ouvisse algo, ou alguém, às suas costas.

No dormitório, as outras alienadas não notam a cena. Os vestidos que estão consertando para o baile ocupam toda sua atenção. Já as enfermeiras andam em volta dos grupos para garantir que aquelas mentes lunáticas não se animem demais.

Geneviève se aproxima discretamente das duas moças isoladas. Ao lado de Louise, Eugénie continua imóvel. Seus cabelos escuros estão presos em um coque no alto da cabeça, mostrando sua nuca reta e elegante. Seu rosto continua virado para o lado. Ela escuta. De vez em quando, baixa levemente a cabeça, bem pouco. O movimento não seria nem perceptível se Geneviève não estivesse analisando os mínimos reflexos do corpo dela.

Eugénie põe a mão no ombro esquerdo de Louise. Então, baixinho, sem fazer muito barulho, evitando chamar a atenção das outras, ela se inclina na direção da menina e canta uma cantiga para ela:

— *Você, minha menina, minha filha,*
Da pele branca como o leite,
Sabe a que ponto brilham
Seus belos olhos tão perfeitos?
Minha alma se ilumina
Ao ver que você está tão perto.

Os olhos de Louise se arregalam, então percebem Eugénie.

— É... É a música que mamãe cantava para mim. — Sua mão esquerda sobe até o peito, encontra a outra mão inerte e a cerra entre os dedos. Lembranças atravessam seus olhos. — Como você a conhece?

— Você cantou uma vez.

— É mesmo?

— É.

— Não me lembro mais...

— Acho que sua mãe ia ficar feliz se você fosse ao baile daqui a três dias.

— Ah, não, minha mãe ia me achar feia assim.

— Pelo contrário, ela ia achá-la muito bonita. E ia querer que você vestisse a fantasia e aproveitasse a música. Você gosta de música, não é?

— Gosto.

A mão esquerda de Louise continua a esfregar a mão direita, nervosa. Sua boca se fecha, hesitante. Depois de um breve instante, ela pega a coberta de maneira brusca, a puxa para cima do rosto e se esconde sob o lençol. Apenas uma massa de cabelos espessos e emaranhados sobre o travesseiro branco ultrapassa a coberta.

Eugénie se vira. Estende uma das mãos na direção da cama, como se sentisse que vai desmaiar, e consegue se sentar a tempo no colchão. Seu corpo se deixa cair, pesado. Ela leva a outra mão ao rosto e inspira profundamente.

Geneviève não tem coragem de se mexer. Quando entendeu o que estava acontecendo, perdeu o fôlego. Parou de respirar por alguns segundos e só percebeu depois. Ter vivido aquela situação era uma coisa; ser testemunha daquilo era um milagre.

Ela avança na direção de Eugénie. A moça, curvada sobre si mesma, ouve os passos da intendente se aproximarem e ergue o rosto pálido. Ao ver Geneviève, ela ajeita a postura.

— Eu vi o que você acabou de fazer.

As duas se encaram por um instante. Elas não conversam desde a noite em que Eugénie anunciou que o pai de Geneviève tinha se machucado. Ela mesma ficou surpresa com a maneira como tinha recebido a mensagem. Depois de esperar mais de uma hora por uma visita que não chegava, o cômodo ganhou um peso brutal e um cansaço repentino a dominou. Ela sentiu aquela carga em todos os cantos, nela, nos móveis, até na maçaneta travada que impedia Geneviève de sair. Não viu Blandine — daquela vez, apenas ouviu o que a voz da menina descrevia. Pareciam fotografias coloridas, como se um álbum estivesse sendo exibido diante de seus olhos, e as imagens eram vivas, precisas, até nos menores detalhes. Ela viu a casa do pai das duas, a cozinha, a mesa em que ele jantava, o corpo do homem de bruços sobre o piso, a testa ferida. Viu também o cemitério, os dois túmulos, da mãe e da filha, as tulipas que o viúvo tinha acabado de levar. E a voz de Blandine insistiu, pressionou. Era preciso convencer Geneviève e, no fim, a intendente foi convencida. Saiu do cômodo e Blandine foi embora ao mesmo tempo. Eugénie se deitou na cama, mas não dormiu a noite toda. Aquele acontecimento a perturbou. Ela mal começava a se acostumar a ver e ouvir os mortos e agora tinha que ser capaz de ver outras coisas, imagens, ou melhor, cenas que não eram produto de sua imaginação. Sentia-se instrumentalizada, despossuída de si mesma: estavam usando sua energia, sua predisposição para passar uma mensagem e depois a abandonavam em um estado de exaustão imensa quando não precisavam mais dela. Eugénie não tinha mais nenhum controle sobre o que estava acontecendo. Começou a se perguntar se fazia sentido se submeter àqueles estados intensos e exigentes, física e psiquicamente. Ter aquele dom não parecia nem um pouco justo.

Desde então, o medo não parava de atormentá-la. Apenas um homem poderia lhe dar respostas, mas ele não estava ali, e sim na Rue Saint-Jacques.

Geneviève percebe que as enfermeiras estão olhando na direção das duas. Recuperando o rigor costumeiro, ela aponta o indicador para Eugénie.

— Arrume a sua cama.

— Como assim?

— Estão nos observando. Não podemos conversar como se fôssemos amigas. Faça sua cama, como eu pedi.

Eugénie também nota o olhar atento das enfermeiras. Ela se ergue com dificuldade e sacode o travesseiro de penas. Geneviève dá instruções improvisadas com o indicador.

— Vi o que você fez com Louise. Foi extraordinário.

— Não sei.

— Prenda bem o lençol entre o colchão e o estrado. Por que está dizendo isso?

— O que eu faço não é extraordinário. Eu ouço vozes, só isso.

— Todo mundo gostaria de ter o seu dom.

— Eu o cederia de bom grado, se fosse possível. Ele não serve para nada, a não ser para me exaurir. O que devo fazer depois de arrumar a cama?

— Arrume outra.

As duas passam para a cama seguinte e Eugénie sacode, dobra, ajeita os lençóis, a coberta e o travesseiro. Geneviève continua ditando os procedimentos que devem ser seguidos.

— Você está se enganando se acha que ele não serve para nada.

— Não sei o que a senhora ainda quer de mim. Conseguiu a prova que queria. Agora vai me ajudar ou não?

Eugénie bate o travesseiro contra o colchão, irritada. A atenção das enfermeiras se fixou nas duas mulheres, especialmente nela. Seus olhares estão alertas, as mãos, nos bolsos do avental, prontas para sacar um frasco de éter.

Mas a tensão não dura muito tempo. De repente, uma voz soa em meio ao silêncio sufocante.

— Sra. Geneviève!

Uma enfermeira acaba de entrar no dormitório e corre até Geneviève. Manchas de sangue podem ser vistas em seu avental branco. As alienadas param o que estão fazendo e observam a enfermeira em pânico correr por entre as fileiras de camas.

— Senhora, venha rápido!

— O que houve?

— É a Thérèse! — A enfermeira, pálida, para bem na frente de Geneviève. — O doutor disse para a Thérèse que ela estava curada, que podia sair do hospital.

— E daí?

— Ela cortou os pulsos com uma tesoura.

Gritos soam pelo dormitório. Alienadas se levantam e começam a se sacudir, outras desabam nas camas. As enfermeiras intervêm, tentando acalmar os nervos repentinamente perturbados. De repente o clima geral, que era de alegria, muda. Louise baixa o cobertor. Um rosto horrorizado surge.

— Thérèse?

Geneviève sente que está sufocando. O pânico que se propagou pelas camas a abala. Ela não controla mais nada. O equilíbrio frágil que tinha conseguido construir ali foi destruído, e tudo lhe escapa como em uma ladeira escorregadia.

— Senhora, venha.

A voz da enfermeira a faz reagir e a intendente apressa o passo. Eugénie fica olhando Geneviève se afastar. Tem um travesseiro entre as mãos e o aperta contra o peito. Atrás dela, Louise chora. Eugénie também quer deixar as lágrimas correrem, mas se recusa. Ela se senta com ar cansado na beira da cama e vira o rosto para as janelas. Ao longe, uma luz fraca cai sobre o gramado do jardim.

Geneviève bate três vezes na porta. Respira fundo, põe as mãos para trás e mexe os dedos de maneira nervosa. Do lado de fora, a noite caiu. Os corredores do hospital estão silenciosos.

Uma voz dentro do cômodo acaba respondendo:

— Entre.

Geneviève gira a maçaneta. No consultório, o homem está sentado à escrivaninha. Inclinado para a frente, rabisca à pena as últimas anotações do dia.

O cômodo está tranquilo, quase solene. Vários lampiões a óleo iluminam as paredes, os móveis e a silhueta larga do homem que termina de anotar suas observações. Um aroma de tabaco frio passeia entre os livros e bustos de mármore dispostos dos dois lados da sala.

Geneviève dá um passo tímido para a frente. O homem está concentrado no que escreve, os dois braços apoiados na mesa. Uma fina gravata preta, presa com um nó, envolve seu pescoço. Sobre a camisa branca, ele usa um colete e um paletó escuros. Ele parece manter a postura imponente em qualquer circunstância. Sozinho ou diante do público silencioso, traz a todo cômodo que ocupa uma gravidade como Geneviève nunca viu.

— Dr. Charcot?

O homem ergue o olhar analítico até ela. As pálpebras e a boca caída dão à sua expressão algo de preocupante e presunçoso.

— Geneviève. Sente-se.

Ela se senta diante da escrivaninha. A presença daquele homem a desestabiliza. Ela não é a única a ficar abalada. Já viu loucas desmaiarem ao sentirem o toque da mão de Charcot. Outras fingem ter crises para chamar a atenção dele. Quando o médico faz suas raras visitas ao dormitório, o humor muda brutalmente no cômodo: ele entra e, de repente, todo um grupo de mulheres ri, desfila, simula ter febre, chora, suplica, chama atenção para si mesmo. Jovens enfermeiras riem como moças assustadas. Ele é o homem que todas desejam, o pai que gostariam de ter tido, o médico que admiram, o salvador de almas e espíritos. Já os médicos e residentes que o acompanham enquanto ele percorre as fileiras de camas são outra pequena corte fiel, admirativa e silenciosa, que reforça a legitimidade do homem que reina sobre o hospital.

Não é bom fazer tantos elogios a um único homem. Geneviève, que não demonstra nada, contribui em grande parte para isso. Aos olhos dela, o neurologista encarna toda a excelência da ciência e da medicina. Mais do que um marido que ela poderia ter desejado, Charcot é um professor e ela é uma aluna privilegiada.

No consultório silencioso, o homem continua escrevendo em suas fichas.

— Não costumo receber a senhora aqui. Houve algum problema?

— Eu queria falar com o senhor sobre uma paciente. Eugénie Cléry.

— Sabe quantas alienadas estão no La Salpêtrière?

— A que se comunica com os mortos.

O homem para de escrever e olha para a intendente. Pousa a pena no tinteiro e se recosta na cadeira.

— Sim, Babinski me falou. É verdade?

Geneviève já esperava a pergunta. Se revelar que Eugénie fala mesmo com os mortos, a moça será considerada uma herege. Não vai ser curada, e sim presa, e nunca mais sentirá a brisa do exterior. Por outro lado, se fingir que a moça está inventando, ela será considerada uma mitômana como outra qualquer.

— Sei apenas que, desde que comecei a observá-la, não constatei absolutamente nada de anormal. Ela não é igual às outras moças daqui.

Charcot franze a testa. Ele pensa por um instante.

— Quando ela foi internada?

— No último dia 4 de março.

— Ainda é cedo para saber se podemos deixá-la sair ou não.

— Também não é justo manter mulheres normais no meio de centenas de alienadas.

O homem encara Geneviève por um instante. Arrasta a cadeira para trás, fazendo-a ranger de maneira estridente, e se levanta. O piso estala sob seus passos. Atrás da escrivaninha, ele abre uma caixa de charutos disposta sobre um aparador.

— Se essa moça realmente ouve vozes, tem algum problema neurológico que devemos entender. Se ela estiver mentindo, é louca. Tanto quanto a alienada que diz ser Joséphine de Beauharnais, ou a outra que afirma ser a Virgem Maria.

Um sentimento de frustração sacode Geneviève. Ela também se levanta da cadeira. Do outro lado da escrivaninha, Charcot acende um charuto.

— Doutor, o senhor me desculpe, mas Eugénie Cléry não tem nada a ver com essas mulheres. Eu trabalho aqui na instituição há tempo suficiente para afirmar isso.

— Desde quando você defende as alienadas, Geneviève?

— Olhe, o baile é daqui a dois dias. O trabalho das enfermeiras fica mais exigente nessa época. Além disso, o setor ficou profundamente abalado com o acidente de Louise e depois o de Thérèse. O ambiente não é muito propício para uma jovem que não apresenta nenhum sintoma claro...

— A senhora não a colocou no isolamento?

— Perdão?

— Depois que ela foi examinada, Babinski me descreveu uma cena de revolta pouco comum. A senhora a levou para o isolamento, não?

Geneviève é pega de surpresa. Ela se força a não baixar os olhos. Isso seria uma confissão de fraqueza. A intendente conhece bem o olhar dos médicos. Durante toda a vida, teve que enfrentar o do pai. As características da profissão desses homens fazem com que nada escape a eles: uma ferida, uma anomalia, uma perturbação, um tique, uma fraqueza. Queiramos ou não, eles veem tudo isso nas pessoas.

— Eu a isolei, sim. Essa é a regra.

— Então deve ter constatado que essa jovem tem problemas. Mitômana ou médium, ela é agressiva e perigosa. Ela se encaixa muito bem aqui.

Com o charuto na mão, Charcot volta a se sentar. Tira a pena do tinteiro e continua a fazer anotações.

— No futuro, por favor, Geneviève, não me incomode mais com casos específicos. Seu papel aqui é apenas cuidar das alienadas, não diagnosticá-las. Mantenha-se no seu lugar, por favor.

O comentário ecoa pelo cômodo como uma explosão. O homem retoma suas anotações e passa a ignorar a mulher em quem acabou de dar uma bronca. É uma humilhação entre quatro paredes. A mulher foi relegada ao posto de simples enfermeira-cuidadora por alguém que chegou ao La Salpêtrière depois dela. Aos olhos do homem que ela considera superior aos outros, anos de trabalho e de lealdade não bastam para dar legitimidade a suas ideias.

Geneviève fica atordoada por um instante. As palavras lhe faltam. Como todas as vezes que foi castigada no quarto do pai, ela ergue bem a cabeça e cerra os punhos para não chorar. Aceita a reprimenda sem dizer nada, depois sai da sala para não incomodar ainda mais o médico, que voltou a trabalhar, indiferente a ela.

11

17 de março de 1885

O café é servido em xícaras de porcelana. Em torno da mesa, os talheres batem contra os pratos. O pão comprado naquela manhã ainda está quente: ao quebrar a crosta ao meio, o miolo quase queima a ponta dos dedos. Do lado de fora, uma chuva forte bate contra o vidro das janelas.

Théophile gira maquinalmente a colher no líquido preto e fumegante. Não suporta mais o silêncio dos cafés da manhã em família — um silêncio indiferente à cadeira vazia que o encara. Como se sua irmã nunca tivesse existido, o nome de Eugénie não é mais dito naquela casa. Faz duas semanas que sua ausência não mudou em nada os hábitos da família. O silêncio matinal é o mesmo. Todos passam manteiga em torradas, mergulham biscoitos na xícara, mastigam a omelete ou sopram o café para esfriá-lo.

Uma voz o tira de seu devaneio.

— Não vai tomar café, Théophile?

O jovem ergue os olhos. Ao lado dele, a avó o encara e toma um gole de chá. O sorriso daquela senhora lhe é insuportável. Ele cerra o punho sob a mesa.

— Estou meio sem apetite, vovó.

— Você está comendo bem menos de manhã agora.

Théophile prefere não responder. Sem dúvida ele comeria normalmente se aquela mulher de uma gentileza enganosa não tivesse traído a confiança da neta. O rosto enrugado mente: ela parece benevolente e carinhosa, sempre com uma das mãos estendida para acariciar o rosto de alguém mais jovem, com olhos azuis que sabem se demorar sobre nós. No entanto, sem aquela velha mestre na arte da mentira, Eugénie ainda estaria à mesa. A senhora, que os anos não puderam tornar senil nem sábia, tinha plena consciência do que aconteceria ao denunciar a confissão feita a ela.

Théophile tem raiva dela por ter enganado Eugénie. Ele tem raiva do pai por tê-la internado sem nenhum aviso, da mãe por ter sido passiva e fraca, como sempre. Gostaria de virar aquela mesa muda, jogar os pratos e as xícaras no chão, confrontar todos eles por aquela decisão deplorável, mas continua imóvel. Faz duas semanas que sua covardia se iguala à dos outros membros da família. Afinal ele também contribuiu para a internação da irmã. Ele se curvou às ordens do pai. Não avisou Eugénie. Até a levou para dentro daquele hospital dos infernos, enquanto ela implorava que ele não fizesse isso. A vergonha que o consome por dentro o impede de dizer o que quer que seja. A raiva dos que estão sentados à mesa é ilegítima, pois a mesma crítica pode ser feita a ele. A avó conseguiu fazer com que todos ali fossem culpados.

A campainha dá um susto no pequeno grupo. Louis pousa a bandeja de chá e sai da sala. Na ponta da mesa, François Cléry tira um relógio do bolso do colete.

— Ainda é cedo para visitas.

Louis volta para a sala de jantar.

— Senhor, é a sra. Geneviève Gleizes. Do La Salpêtrière.

O nome do hospital lança um vento gelado em torno da mesa. Ninguém esperava que aquele lugar fosse mencionado — e, sobretudo, ninguém queria isso. Depois de um instante de surpresa, o pai franze as sobrancelhas.

— Mas o que ela quer?

— Não sei, senhor. Ela pediu para ver o senhor e o sr. Théophile.

Théophile se ajeita na cadeira e enrubesce. Todos os olhares se voltam para ele, como se fosse responsável por aquela visita. O pai pousa os talheres com ar contrariado.

— Você sabia que ela viria?

— Claro que não.

— Vá recebê-la. Diga que estou ocupado. Não tenho tempo para esse assunto.

— Está bem.

Théophile se levanta com ar desajeitado, deixa o guardanapo ao lado da xícara e segue para a entrada da casa.

Perto da porta, Geneviève espera. Ambas as mãos seguram um guarda-chuva que deixa escapar gotas frescas de chuva. Suas botas e o forro de seu vestido estão encharcados. A seus pés, uma pequena poça d'água se forma pouco a pouco no piso.

Com uma das mãos, ela ajeita o cabelo e devolve o chapéu à cabeça. Imagina que não será recebida pelo pai. Depois que uma filha passa pelas portas do La Salpêtrière, ninguém, muito menos a família, quer ouvir falar dela. O pai dos Cléry não é exceção. Como sua filha agora é alienada, mencionar seu nome voltaria a desonrá-lo. Naquele mundo, manter a reputação do sobrenome é mais importante que manter a filha. Na casa dos

Cléry, apenas o filho ainda é uma esperança. *Ele voltou para ver a irmã. Está se sentindo culpado, isso é óbvio. É com ele que devo falar*, pensou Geneviève. É por isso que ela está ali hoje.

Na véspera, no caminho de volta, a mudança interior que se anunciava havia algum tempo foi definitivamente realizada. As palavras de Charcot primeiro a abateram. Depois dos acontecimentos dos dias anteriores — primeiro com seu pai, depois com Louise e, em seguida, com Thérèse —, faltava apenas aquele último golpe para que ela fosse totalmente destruída. Desde então, não controlava mais nada. Tudo estava mudando e desabando ao mesmo tempo, tanto que ela se perguntou se não estava na hora de encerrar suas atividades no hospital.

À medida que subia na direção do Panthéon, outro sentimento se insinuou em seu espírito. Durante mais de vinte anos, ela havia trabalhado, penado, passado noites em claro no La Salpêtrière. Conhecia cada corredor, cada pedra, cada olhar de alienada melhor que qualquer pessoa, melhor que o próprio Charcot. E ele havia tido a coragem de desprezar sua palavra. Do alto de seu pedestal, ele havia varrido a opinião da mulher que o admirava com um simples gesto de mão. Ele não a ouvia nem queria ouvi-la. Aliás, naquele hospital, nenhum homem a escutava.

Uma raiva silenciosa crescia a cada passo, até ela se sentir revoltada. Sim, não era mais irritação, mas revolta, a mesma revolta que sentia contra o clero e os diáconos quando era criança. Estavam questionando sua crença, sua identidade, tentando reprimi-la, impor certa conduta, certo temperamento a ela. Geneviève acreditava ter encontrado legitimidade dentro daquele hospital e, de repente, estava percebendo que não tinha nenhum valor além do que ela mesma podia se dar, mas decidira outorgar a uma única outra pessoa: o professor Charcot.

Talvez aquele sentimento fosse um exagero. Talvez não tivesse motivo para se ofender por uma simples advertência. Mas ela sempre havia enfrentado todas e todos que considerava errados. E Charcot, daquela vez, estava errado.

Estava decidido: ela ia ajudar Eugénie. Como Eugénie a ajudara.

Ao chegar ao corredor de entrada, Théophile reconhece a intendente. Sua garganta embarga. Ele se aproxima dela.

— Senhora?

Geneviève lança um olhar para trás dele.

— E o seu pai?

— Ele está ocupado. Pede descul…

— Não, tudo bem. Era com o senhor que eu queria falar.

— Comigo? — Théophile então olha rapidamente para trás e baixa a voz. — Se for sobre o livro que fui entregar à senhora, eu suplico, não diga nada.

— Não tem a ver com isso. Preciso da sua ajuda.

A intendente se aproxima de Théophile e também sussurra. No fim do corredor, é possível ver os primeiros móveis da sala silenciosa. A mesa de jantar e seus ocupantes não podem ser vistos.

— Sua irmã tem que sair do La Salpêtrière.

— O que ela tem? É grave?

— Ela não tem absolutamente nada. Sua irmã é normal. Mas o doutor não quer permitir que ela saia.

— Mas se ela é normal…

— Depois que uma pessoa entra lá, não sai. Ou muito raramente.

Théophile olha, ansioso, para o fim do corredor para verificar se ninguém está vindo. Ele passa a mão pelos cabelos com um gesto ansioso.

— Não sei o que posso fazer. Não sou tutor dela. Apenas nosso pai poderia tirá-la de lá.

— E ele não vai fazer isso?

— Não. Nunca.

— Amanhã é o baile do hospital. Pus seu nome na lista de convidados. O senhor vai se chamar Clérin. Troquei seu sobrenome para que ninguém o ligue a uma alie... a uma interna.

— Amanhã?

— Vocês dois vão se encontrar. O local vai estar agitado o bastante para poderem sumir em algum momento. Vocês vão sair pela entrada do hospital.

— Mas eu... não posso trazê-la para cá.

— O senhor tem dois dias. Dê um jeito. Um quartinho simples sempre será melhor que o lugar onde ela está.

Uma voz vinda da entrada da sala de estar os sobressalta.

— Sr. Cléry? Está tudo bem?

À porta, Louis se mantém de pé, as costas retas. Théophile faz um sinal para ele com a mão trêmula.

— Está tudo bem, Louis. A senhora já está de saída.

O empregado o observa por um instante, depois sai do saguão. Théophile, nervoso, anda para um lado e para o outro do corredor. Ele continua a sacudir os cabelos com uma das mãos.

— Tudo isso é muito repentino. Não sei o que dizer.

— O senhor quer que sua irmã fique livre?

— Quero. É claro.

— Então confie em mim.

Théophile para de andar e olha fixamente para Geneviève. Não é a mesma mulher de que ele se lembra. Fisicamente, sim, foi a ela que entregou o livro. Mas o temperamento da mulher mudou. Ele tem certeza disso. Antes ela o intimidava. Agora, muitos se confiariam de bom grado a ela. Ele se aproxima.

— Por que a senhora está ajudando minha irmã?

— Porque ela me ajudou.

A intendente parece estar dizendo mais do que pretendia. Théophile gostaria de lhe fazer uma pergunta. A dúvida gira em torno dele há duas semanas, e apenas aquela mulher poderia responder de verdade. Ele abre a boca, mas não consegue falar. A resposta o deixa com medo.

Como se Geneviève adivinhasse sua incerteza, ela o impede de falar.

— Sua irmã não está louca. Ela pode ajudar outras pessoas. Mas não vai conseguir fazer isso se continuar presa.

No salão, um ruído de louça pode ser ouvido. Geneviève agarra o antebraço do rapaz.

— Amanhã. Dezoito horas. Vocês não vão ter uma oportunidade melhor do que essa.

A mulher larga o braço dele, gira a maçaneta da porta e deixa o apartamento. A porta fica entreaberta e Théophile a vê descer a escada com pressa e sem barulho. Ele leva a mão ao peito. Sob a palma, sente o coração bater em um ritmo apressado.

Thérèse acorda. Suas pálpebras lutam para se abrir na penumbra do dormitório. O fim do dia chegou. Lampiões a óleo iluminam o cômodo e silhuetas femininas se agitam. Aquela efervescência de corpos é familiar: ela retorna todo ano na véspera do baile. Os gestos são impacientes, as risadas, nervosas, e raras são aquelas que conseguem dormir naquela noite.

Deitada na cama, Thérèse apoia as mãos no colchão para se levantar, mas uma dor aguda nos punhos a impede. Ela fica parada, morde os lábios e se segura para não gritar. É como se uma lâmina lacerasse o interior de sua pele. O choque chega à sua cabeça e a deixa zonza. Ela havia esquecido.

Desde que foi para o La Salpêtrière, duas ou três vezes por mês Thérèse tinha terrores noturnos: a ex-prostituta se sobressaltava no meio da noite e gritava por socorro, fazendo todas as outras camas se sacudirem em um pânico contagioso. De manhã, ela não se lembrava de nada. Com exceção daqueles momentos, a mais velha das alienadas se comportava normalmente.

Sem que ninguém soubesse direito por que, aquelas crises não se manifestavam havia muito tempo. Thérèse tinha um humor constante e suas noites estavam tranquilas. Seu estado geral tinha se estabilizado a tal ponto que, quando Babinski a examinara no dia anterior, havia decidido que nada mais se opunha à saída dela. Aquela ideia havia abalado a interna, que já tinha certa idade. A perspectiva de sair e reencontrar Paris, suas ruas, seus perfumes, atravessar o Sena, no qual ela empurrara o amante, andar ao lado de outros homens cujas intenções ignorava, percorrer as calçadas que conhecia demais, a enchera de um medo incontrolável. Seu olhar havia visto uma tesoura de sutura sobre a mesa e seu gesto tinha sido tão rápido que fizera as enfermeiras presentes gritarem.

Ela havia acordado uma primeira vez na noite anterior. Constatara os curativos na altura dos punhos e se sentira aliviada.

Depois daquilo, ninguém mais ia mandá-la embora.

Decidindo se apoiar nos cotovelos, ela conseguiu se erguer um pouco. Tirou os braços de baixo da coberta e observou os curativos: um pouco de sangue tinha secado dentro das gazes brancas. A pele se estica, ela parece ouvi-la gritar. Devia esperar um pouco para voltar a tricotar. Ela põe os braços de volta embaixo da coberta, sem querer chamar mais atenção. Em torno dela, as mulheres voltam do refeitório e tardam a se deitar. A imaginação delas está ocupada em sonhar com aplausos e danças com um parceiro. Elas esperam um encontro ou, ao menos, um olhar, e o mínimo detalhe que podem ouvir ou ver ou sentir na noite seguinte será carregado e guardado na lembrança delas como uma relíquia preciosa.

Uma única silhueta se distingue das outras: rígida e tensa em seu vestido preto, ela percorre as filas de camas, mas sem a mesma leveza. Thérèse reconhece Eugénie. A jovem se deita na cama e se ajeita sem prestar atenção na vizinha. Tira rápido as botas e põe os pés embaixo das cobertas. Thérèse então vê um pequeno pedaço de papel entre seus dedos, que Eugénie logo esconde na manga, de forma discreta, entre o punho e o tecido do vestido. Quando o segredo está bem protegido, ela se deita, se vira de lado, com as costas para Thérèse, e fica imóvel.

A Tricoteira não tem nem tempo de entender antes que uma mão em seu ombro a surpreenda.

— Thérèse, você acordou.

De pé à sua esquerda, uma enfermeira a encara. A morena gorda, dotada de um rosto sem personalidade, é uma das recrutas mais jovens: as que chegaram há um ou dois anos. Todas foram parar ali por coincidência, porque poderiam muito bem ter sido domésticas ou lavadeiras, e cuidam das pacientes como poderiam ter servido chá ou batido a roupa. Contentam-se em executar ordens e, para se distrair em dias sem novidades, não param de falar das alienadas, das enfermeiras, dos médicos e dos residentes. Qualquer novidade, qualquer detalhe, qualquer boato é compartilhado, repetido, destrinchado, ridicularizado. Ouvi-las no canto de um corredor ou em um banco é como se lembrar dos mexericos das faxineiras que se reúnem nos pátios internos dos prédios. Ninguém tem coragem de fazer confidências a elas por medo de que repitam toda a confissão.

Thérèse dá de ombros com ar indiferente.

— É, estou acordada.

— Você precisa de alguma coisa? Acabou não jantando.

— Não estou com fome, obrigada.

A jovem enfermeira se agacha ao lado da cama. Thérèse é a única que as novas recrutas não provocam. Pelo contrário. É justamente com ela que todas querem falar, ela que, há vinte anos, dorme naquele lugar e do qual conhece as menores fissuras.

A moça aponta Eugénie com o indicador e baixa a voz:

— Está vendo sua vizinha? A que fala com fantasmas? Há pouco, no refeitório, a Anciã entregou um bilhete para ela. Um pedacinho de papel. Ela fez isso de forma discreta, mas eu percebi.

Thérèse olha rápido para Eugénie, que está deitada de lado, de costas para as duas. Não fica chocada com o comentário. Já viu Geneviève olhar para Eugénie e parecer abalada. Era, inclusive, surpreendente constatar aquela confusão na Anciã, algo muito pouco habitual. Alguma coisa mudou nela desde a chegada da moça de boa família. Mas, como o que estava acontecendo entre as duas parecia sério, Thérèse não queria saber nada sobre aquilo.

Ela volta o rosto contrariado para a enfermeira.

— E daí?

— Elas estão escondendo alguma coisa. Tenho certeza. Agora não vou mais largar as duas.

— Me diga uma coisa, menina, você não tem nada melhor para fazer? Isto aqui é um hospital, não um bistrô. Você devia arranjar alguma ocupação. Tem duas malucas aqui na frente brigando por um chapéu.

A enfermeira ajeita as costas e franze a testa.

— Se eu souber que você sabe de alguma coisa, vou denunciá-la para o doutor.

— E isto aqui também não é uma escola. Ande, vá embora. Você me cansa. Não vou cicatrizar se continuar ouvindo você.

A jovem fofoqueira dá meia-volta e se afasta. Thérèse olha de novo para Eugénie.

Deitada de lado, com o corpo encolhido e a cabeça enfiada no travesseiro, Eugénie chora sem fazer barulho. Seus dedos afastam as mechas molhadas do rosto. Ela não ouve nem vê nada ao redor. Mil pensamentos se apoderam dela por muito tempo. Então, para tentar acreditar de verdade, para tentar garantir que não está sonhando, tira discretamente da manga do vestido o bilhete que Geneviève lhe passou. Seus dedos tremem ao desdobrarem o pedacinho de papel. Nele, na letra da Anciã, está escrito:

"Amanhã à noite, durante o baile. Théophile vai estar aqui."

12

18 de março de 1885

A noite caiu. Por todo o Boulevard de l'Hôpital, os acendedores de lampiões se revezam para iluminar as calçadas. A rua está calma naquele início de noite, a não ser pelo número 47. Na pequena praça recuada em relação à rua, uma agitação estranha ganha corpo: carruagens chegam às dezenas, contornam a pequena rotatória e estacionam, uma a uma. O portão se abre e os passageiros descem na praça pavimentada. As silhuetas dos casais estão fantasiadas. Uma olhada nas roupas mostra que se trata de uma Paris que não tem dificuldade de se alimentar.

Sob a entrada em forma de arco, ao lado das colunas que sustentam o lintel no qual está gravado o nome do hospital, enfermeiras recebem os convidados. Alguns deles, já familiarizados com o local, atravessam o pátio com passos confiantes. Outros descobrem as trilhas e as construções com uma euforia receosa e curiosa.

No vasto salão do manicômio, os convidados já presentes esperam. Apliques nos muros iluminam o local decorado de maneira modesta: plantas e flores margeiam as grandes janelas e guirlandas coloridas pendem do teto.

Perto das portas vai e vem, um bufê exibe doces, bombons e folhados. As mãos se servem com gula, enquanto procuram um licor ou uma taça de champanhe, sem encontrar. Naquela noite, os palatos devem se contentar no máximo com xarope de orchata ou de laranja.

Já na entrada do salão, uma valsa acolhe os recém-chegados. Diante deles, empoleirada em um palco, uma pequena orquestra toca com empolgação.

Um murmúrio tímido e nervoso se une às notas musicais. Essa última espera acaba excitando os ânimos e alimentando as ideias.

— Como vocês acham que elas são?

— Acham que podemos olhar nos olhos delas?

— No ano passado, uma velha demente se esfregou em todos os homens da festa.

— Elas são agressivas?

— E Charcot? Ele vai estar aqui?

— Estou curiosa para ver como são essas famosas crises de histeria.

— Talvez eu não devesse ter colocado os diamantes. Tenho medo de que me roubem.

— Parece que algumas delas são muito bonitas.

— Vi algumas absolutamente repulsivas.

Cinco batidas de bengala no chão fazem as vozes se calarem. A orquestra para de tocar. Ao lado da entrada, um pequeno grupo de enfermeiras está reunido. Ao vê-las, todos lembram que aquele baile é diferente de qualquer outro. A decoração, a orquestra e o bufê não conseguem amenizar a realidade do lugar em que estão: um hospital para alienadas.

A presença das enfermeiras chama atenção para um sentimento ambíguo: todos gostam de saber que elas estão por perto, para o caso de um acesso ou de um surto que possa impedir o baile. Eles também se sentem menos solitários, menos abandonados diante daquelas mulheres que logo vão se misturar a eles e cujo comportamento público todos ignoram. Mas as profissionais dos cuidados preocupam. As pessoas percebem que um surto nunca está muito distante e que uma delas pode entrar em crise de uma hora para outra — mesmo que, no fundo, todos esperem testemunhar as famosas crises de histeria.

Ao lado das enfermeiras, um médico responsável se dirige à multidão:

— Senhoras e senhores, boa noite. Bem-vindos ao Hospital de la Salpêtrière. A equipe de enfermeiras, os médicos e o dr. Charcot estão muito felizes e honrados em receber vocês para mais um baile da mi-carême. Por favor, recebam com aplausos as moças que todos vocês esperam.

A orquestra retoma a valsa diante da plateia muda. Pescoços se estendem na direção das portas vai e vem. Duas a duas, uma fila de alienadas entra no salão. Todos esperavam ver dementes, magras, retorcidas, mas as moças de Charcot compartilham de uma calma e de uma normalidade que impressionam. Muitos também imaginavam fantasias grotescas e aparências ridículas e se surpreendem com a apresentação digna de atrizes de teatro. São leiteiras e marquesas, camponesas e pierrôs, mosqueteiras e colombinas, cavaleiras e mágicas, trovadoras e marinheiras, princesas e rainhas. Aquelas mulheres vêm de todos os setores da sociedade e são histéricas, epiléticas e nervosas, jovens e menos jovens, todas carismáticas, como se algo que não a doença e as paredes do hospital as distinguisse — uma maneira de ser e de se colocar no mundo.

À medida que elas andam, todos se afastam, dando passagem. Eles procuram um defeito, uma anomalia, notam um braço paralisado sobre o peito, pálpebras que se fecham com frequência exagerada. Mas as alienadas oferecem um espetáculo de uma graça surpreendente. Tranquilizados, os convidados relaxam. Pouco a pouco, os murmúrios recomeçam, gargalhadas explodem, todos se acotovelam para ver mais de perto aqueles animais exóticos, pois é como se estivessem em uma jaula do Jardim das Plantas, em contato direto com aqueles bichos curiosos. Enquanto as alienadas ocupam seu lugar na pista de dança ou em bancos, os convidados relaxam e riem, dão gargalhadas e gritam quando esbarram na manga do vestido de uma louca. E, caso alguém entrasse no salão de baile sem saber o contexto, veria como loucos e excêntricos todos aqueles que, naquela noite, não deveriam ser.

A algumas portas do salão, no fim de um corredor, uma enfermeira leva Louise ao baile. A jovem, instalada em uma maca de rodinhas, se deixa ser empurrada até o evento.

Ela passara o dia todo se recusando a pôr a fantasia. A perspectiva de se mostrar em público quando metade de seu corpo não respondia a aterrorizava. Ela, a aluna famosa das aulas de Charcot, tinha se tornado uma deficiente comum, incapaz de dançar com ambas as pernas. A insistência e os elogios das alienadas e das enfermeiras acabaram convencendo a menina. Paris esperava por ela, todos queriam vê-la. O fato de estar paralisada não tiraria nada de sua reputação — pelo contrário, o público admiraria sua coragem de aparecer em público. E ainda mais: se Charcot fosse capaz de curá-la, de reverter sua paralisia, ela poderia se tornar um símbolo, um modelo do progresso da ciência. Seu nome seria impresso em livros escolares.

Ela não precisou de mais nada para recuperar a confiança. Louise esperou que as outras alienadas saíssem do dormitório — com a exceção de Thérèse, que ficaria descansando naquela noite — e foi vestida por duas enfermeiras. O braço paralisado foi o que mais causou problemas, mas elas conseguiram vestir a fantasia na menina sem rasgar o tecido. Uma longa mantilha florida com franjas foi posta em seus ombros. Os cabelos pretos foram presos em um coque baixo, e duas rosas vermelhas presas neles. Thérèse olhou para ela sorrindo:

— Você está parecendo uma verdadeira espanhola, minha pequena Louise.

As rodas da maca rangem no piso do corredor. Vários travesseiros espessos foram colocados sob as costas de Louise. Seu busto está erguido para que ela fique sentada. A mão paralisada foi levada ao peito. À medida que segue para o salão do manicômio, ela vai perdendo o fôlego. Não ouve as palavras da jovem enfermeira que fala atrás dela.

De repente, no corredor escuro, uma silhueta masculina aparece e barra a passagem delas. Louise dispensa os devaneios e reconhece Jules. Ela prende a respiração. O jovem residente anda com confiança na direção das duas mulheres e se dirige à enfermeira atrás de Louise.

— Paulette, estão chamando você na entrada do hospital. Os convidados continuam chegando e não encontram o caminho.

— Mas eu tenho que levar a menina…

— Eu cuido disso. Pode ir.

A enfermeira obedece a contragosto. Jules toma o lugar dela e empurra a maca. Nenhuma palavra é dita até que os dois confirmem que a enfermeira realmente foi embora. Jules se inclina na direção de Louise, mas não consegue falar, pois ela o interrompe.

— Eu não queria ver você.

— Ah, não?

— Não quero mais ver você. Agora estou feia.

Jules para. As rodas param de ranger. Ele contorna a maca e se posiciona ao lado de Louise. Ela vira o rosto, desviando dos olhos azuis que a encaram.

— Não olhe para mim.

— Você continua linda aos meus olhos, Louise.

— Deficientes não são bonitas. Você está mentindo.

A menina sente os dedos do residente passarem por sua nuca, depois por sua bochecha.

— Louise, eu quero que você seja minha mulher. Isso não vai mudar.

Ela fecha os olhos e morde o interior da bochecha. Ela esperava aquelas palavras. Os dedos esquerdos apertam a mantilha e ela tenta não chorar. A menina sente a maca voltar a andar. Abre os olhos e nota que foi virada para o outro lado. Atrás dela, Jules deu meia-volta e está empurrando a maca para a frente.

— O que você está fazendo? O salão do manicômio fica para o outro lado.

— Preciso mostrar uma coisa para você.

No salão de baile, Théophile abre caminho por entre as fantasias. Ele fica impressionado com a quantidade de convidados. Ao seu redor, uma procissão de cartolas e chapéus, rendas e babados, penas e flores, bigodes verdadeiros e falsos, tecido xadrez e de bolinhas, peles e leques. Corpos dançam, se agitam, se esbarram, escapam uns dos outros. Seu olhar encontra rostos hilários, dedos apontados para as loucas, loucas que sorriem para ele, que apertam sua mão. O burburinho se mistura às notas de violino e piano, risadas explodem por todos os lados, mãos e pés batem no chão. É uma multidão diversa e estranha, que lembra uma festa de carnaval popular, em que os burgueses parecem ter vindo mais para rir dos interioranos fantasiados que para celebrar o espírito festivo. A festa não é igual para todos. De um lado, jovens mulheres fantasiadas executam com precisão os passos de dança aprendidos nas semanas anteriores. Do outro, espectadores aplaudem, totalmente imersos no espetáculo, como pedras na água.

Théophile analisa os rostos em busca da irmã. Suas têmporas estão úmidas, assim como as mãos. Ele não poderia imaginar que estaria ali, no famoso baile do La Salpêtrière, para tirar Eugénie daquele lugar sem o aval de seu pai ou de seu médico. Não sabe se a iniciativa é justa e corajosa ou tola e perigosa.

Também circulando em meio à multidão, vestidas de preto, as enfermeiras distribuem para as alienadas pequenas taças de licor. Algumas obedecem às ordens, outras dispensam a taça com uma das mãos, se recusando a ser vistas como doentes pelo menos por aquela noite. Abaixo das janelas, sentadas em banquetas, velhas dementes parecem indiferentes à agitação geral. Quando notam pela primeira vez seus rostos encovados e olhares abatidos, um movimento de recuo domina os espectadores. Ao vê-las impassíveis no meio daquele baile pitoresco, elas parecem quase mortas. Em meio à multidão, uma condessa circula entre os convidados. Agitando o leque que faz os cachos de sua franja voarem, ela menciona sua fortuna para quem quiser ouvir, descreve o castelo que tem na Ardèche, teme que alguém roube seu colar de diamantes. Mais longe, uma cigana de traços grosseiros, com a cabeça coberta por um lenço e a boca maquiada, propõe aos desconhecidos ler o futuro na palma de suas mãos. Então ela para, pega as mãos das pessoas, prevê futuros sob risadinhas nervosas e segue seu caminho. Uma Maria Antonieta bate em um tambor que traz preso à cintura, sem seguir o ritmo. Crianças magras e pálidas, fantasiadas de pierrô, roubam doces do bufê e fogem de convidados surpresos por estarem vendo internas tão jovens. Uma feiticeira, cuja capa se arrasta no chão e o chapéu pontudo parece grande demais para ela, varre com ar concentrado as migalhas e a poeira do chão, esbarrando sem notar nas pessoas que estão no caminho.

Ao chegar ao lado da orquestra, Théophile observa o entorno e fica paralisado: ao fundo, ao lado de uma janela, Eugénie também analisa a multidão com um olhar ansioso. Seus cabelos foram puxados para trás e uma longa trança cai em suas costas. Está vestida com um terno masculino. Como se sentisse que está sendo observada, ela vira o rosto emaciado e encontra o irmão. Seu coração bate com força e sua garganta se fecha. Ele veio. Ele está ali por ela. Ela não duvidava da integridade do irmão. Sabia que ele era o único dos membros de sua família que não queria vê-la internada e que tinha feito apenas o que sabia fazer até ali: seguir as ordens do pai sem hesitar. É isso que torna sua presença surpreendente naquela noite. Ela não achava que um dia, tão cedo, ele seria capaz de se opor ao homem que obedecera a vida toda.

Théophile encara a irmã, hesitante agora que a encontrou. Decide finalmente dar um passo à frente para se juntar a ela, mas uma mão o pega pelo braço. Ele se vira com um ar surpreso: à sua direita está Geneviève.

— Agora não. Fique de olho em mim. Eu vou avisar quando for a hora.

Misturando-se à multidão logo depois, Eugénie, de longe, faz um sinal de cabeça para tranquilizar o irmão. Pela primeira vez em duas semanas, ela sorri.

Fora do salão do manicômio, o La Salpêtrière está em silêncio. Nos quartos, nos corredores, nos outros andares, nem um sussurro, nem um barulho de passos soa. Apenas um ranger de rodas sobre o piso pode ser ouvido. Da maca que a transporta pelo labirinto do hospital, Louise descobre o local que não costuma ver tão tarde. A luz dos postes ilumina de forma fraca os corredores que eles percorrem. Durante todo o percurso, Louise vai se enfiando cada vez mais no travesseiro e fecha os olhos. Ela pensa no barulho que normalmente a cerca: as vozes femininas no dormitório, o tilintar dos talheres no refeitório, os roncos à noite — até as queixas e gemidos das loucas são preferíveis à calma sinistra que reina naquela noite.

Qualquer coisa é melhor que aquele silêncio horrível. O barulho, pelo menos, é sinal de vida.

Louise sente a maca parar. Quando abre os olhos, há uma porta diante dela. Jules contornou a cama para abrir a tranca. É um quarto. A penumbra é total. Louise olha para Jules sem entender.

— Por que me trouxe aqui?

— É o quarto em que costumamos nos encontrar.

— Mas por que viemos para cá?

Jules não responde e empurra a maca para dentro do quarto. Louise balança a cabeça.

— Não quero entrar, está tudo escuro.

No interior, é impossível distinguir as paredes e os móveis. Louise ouve a porta se fechar atrás dela.

— Jules, eu quero sair. Quero ir para o baile, onde as pessoas estão.

— Droga, cale a boca.

A menina o vê ao lado dela. Ele acaricia seus cabelos por um instante e ela sente os lábios do residente pousarem em seu pescoço. Sua mão esquerda o empurra de forma brusca.

— Jules... Você está fedendo a bebida. Você bebeu.

Louise o sente se debruçar sobre ela outra vez, dessa vez para beijá-la. Ela vira o rosto para a direita, para a esquerda, até que lábios úmidos e alcoolizados forçam os dela. Sua mão esquerda tenta em vão afastar aquela insistência, mas o residente sobe na maca. Lágrimas correm pelo rosto de Louise.

— Normalmente você não bebe. Você me disse que não bebia.

— Menos hoje à noite.

— Você devia me pedir em casamento hoje à noite.

— Vou fazer isso. Mas você já é um pouco minha mulher.

Seu hálito é quente. Louise reconhece aquele cheiro. O enjoo sobe por sua garganta. Bastou que um bêbado tivesse se aproximado demais dela uma vez para deixar uma lembrança indelével e intolerável. Ela não tem tempo de acalmar as lágrimas antes que uma mão segure suas bochechas e, mais uma vez, a boca de Jules se lance sobre a dela. Sua garganta grita enquanto ela sente o peso do homem se estender sobre ela. No escuro do quarto, ela reconhece os gestos feitos sobre seu corpo. Achava que aquela lembrança pertencia ao passado, que, quanto mais tempo passasse, mais aquele instante se distanciaria. Tinha até chegado a pensar que o que havia acontecido fora com outra menina, uma Louise antiga, uma Louise de antes, uma Louise que havia desaparecido de sua vida.

Quando a mesma violência de três anos antes penetra entre suas coxas, sua boca se abre para deixar escapar um grito mudo. Tudo nela de repente se apaga. Não é apenas o lado direito de seu corpo que deixa de responder, mas todos os seus membros. Dos dedos dos pés até a cabeça voltada para trás, ela fica paralisada.

Imóvel, fecha os olhos e se deixa partir para uma escuridão tão profunda quanto a do quarto.

No palco em que a orquestra toca, uma louca tomou o lugar do pianista: fantasiada de leiteira, ela observava o instrumento desde o início do baile. Por considerar o músico péssimo, decidiu tomar o lugar dele. Ao ver a louca escalar o palco e se aproximar, o homem havia empalidecido e cedido o lugar na hora, sem reclamar, como se o diabo o tivesse abordado, sob as risadas de um público hilário. Supervisionada por uma enfermeira ao pé do palco, a leiteira bate nas teclas brancas e pretas, seguindo uma música que pertence apenas a ela e perturbando a melodia que os outros músicos tentam continuar tocando.

Eugénie e Théophile não deixaram seus respectivos lugares. Perto do palco, o jovem fica de olho na irmã e em Geneviève, parada perto da porta de entrada. Eugénie, próxima de uma janela, também olha para a intendente. Sua nuca está rígida. O medo que contorce suas entranhas desde a noite anterior a impediu de comer o que quer que fosse naquele dia. Ela não esperava mais nenhuma ajuda de Geneviève. Como poderia supor que aquela mulher, que nunca havia deixado de seguir as regras do hospital em vinte anos de trabalho, iria ajudá-la a sair dali depois de duas semanas? Eugénie tinha se resignado. Começara a se deixar mergulhar em um torpor profundo, que ameaçava levá-la para longe, já que a esperança não é um recurso inesgotável e deve, em dado momento, se basear em alguma coisa.

Então Geneviève lhe entregou o bilhete na cantina. Na correria costumeira pós-jantar, enquanto todas tiravam a mesa, guardavam a louça, limpavam, poliam e varriam, ela viu a intendente se aproximar e estender a mão na direção da dela. O gesto foi rápido, preciso, discreto.

Geneviève não disse nada, mas Eugénie notou que alguma coisa tinha mudado em seu olhar — um tipo de seriedade fraternal. Aquele pequeno pedaço de papel dobrado em quatro lhe deu coragem suficiente para voltar a ter esperança e esperar o baile. Ela precisava de uma fantasia.

A pilha restante era pouco generosa: ela teve que se contentar com uma simples fantasia de homem. Afinal era mais discreto fugir disfarçada com uma roupa escura do que com um vestido vermelho de marquesa.

No meio da multidão, um grito se ergue. Na pista de dança, todos se afastam bruscamente e um "Ah!" de estupor percorre os convidados. A orquestra para de tocar, com exceção da leiteira, que continua tirando notas desafinadas do piano. No chão, uma louca, deitada de costas, esfrega os pés no piso e se move com dificuldade, contorcida por contrações que ninguém sabe dizer de onde vêm. Enquanto enfermeiras correm até ela, um sussurrar de vozes fascinadas comenta a cena. Com a ajuda de residentes, o corpo agitado da louca é levado para uma banqueta sob o olhar fascinado do público.

Eugénie nota o sinal de Geneviève primeiro: do outro lado do salão, sozinha ao lado da porta, a intendente baixa discretamente a cabeça e se prepara para sair. Théophile, distraído com o espetáculo inesperado, não vê nada do diálogo entre as duas mulheres, até sentir seu braço ser agarrado e seu corpo ser arrastado pela irmã.

— A porta de entrada.

À sua esquerda, a irmã não larga mais seu braço. Ele segue seus passos e os dois atravessam a multidão obcecada por aquele primeiro surto da noite.

Deitada sob uma janela, a alienada continua gritando com uma voz rouca. Sem demora, um residente pousa dois dedos, o indicador e o médio, na altura do ovário e aperta a área sem a menor cerimônia. Pouco a pouco, os gritos diminuem. Os membros relaxam. E a louca recupera a calma.

Todos exclamam, enrubescem, aplaudem, relaxam. E, enquanto a orquestra volta a tocar uma nova valsa com todo o ânimo, Eugénie e Théophile passam pelas portas vai e vem da entrada sem olhar para trás.

As três silhuetas margeiam correndo a área do pátio quase escuro. Ao longe, os postes que iluminam o corredor principal não alcançam o caminho que eles pegaram, perto da mureta. Geneviève guia a fuga. Ouve a respiração de Eugénie e Théophile atrás dela. Se parasse para pensar, seria incapaz de explicar por que está tomando aquela atitude sem sentido. Desde que tomou a decisão três dias atrás, não parou para refletir. Sabe apenas que está pensando em sua irmã. Ela pensava em Blandine enquanto caminhava até o apartamento dos Cléry, pensava em Blandine enquanto esperava o momento propício do baile para ir embora, e pensa em Blandine naquele exato instante em que estão fugindo. A ideia a tranquiliza e, inclusive, a incentiva. Ela não sabe se Blandine realmente a está acompanhando naquela decisão, se está vendo Geneviève correr por aquele corredor frio e escuro, ou se é a ideia mais imbecil que já teve. Geneviève prefere acreditar que Blandine está ali, que a carrega, que olha por ela. Acreditar é ajudar a si mesma.

O trio acaba chegando ao muro da entrada. Diante dele, uma pequena porta de madeira. Ofegante, Geneviève tira um molho de chaves do bolso.

— Saiam daqui o mais rápido possível, mas também de forma discreta. Aqui até as paredes têm ouvidos.

Geneviève sente uma mão pousar em seu antebraço. Então ergue os olhos para Eugénie.

— Senhora… como posso agradecer?

Até ali, Geneviève nunca havia notado que Eugénie tem a altura dela. Também nunca notara a mancha escura em sua íris, como se sua pupila transbordasse, nem as sobrancelhas grossas, determinadas. Neste instante, a moça aparece para ela como é, como sempre foi. Mas aquele hospital muda as aparências, e Geneviève pensa em pedir desculpas por não ter entendido mais cedo quem aquela moça realmente é.

Ela se contenta em responder à pergunta:

— Ajude as pessoas que puder.

Gritos ao longe os sobressaltam. Os três se viram. A silhueta esmagadora da capela domina o espaço. No fim do corredor, várias pessoas correm na direção deles. Entre elas está a enfermeira que surpreendeu Geneviève entregando o bilhete a Eugénie.

— Ela está lá! Eu avisei!

Ao lado dela, três silhuetas brancas de residentes dobram a velocidade para alcançá-los. Geneviève vasculha com pressa o molho de chaves.

— Rápido.

Suas mãos encontram a chave e a inserem na fechadura. Ela abre a porta: do outro lado, a rua e suas carruagens, seus postes, seus imóveis.

— Vão, agora.

Eugénie lança um olhar para os residentes que se aproximam e encara Geneviève, preocupada.

— E a senhora?

— Vá embora, Eugénie.

Eugénie percebe que o corpo da intendente se enrijeceu e sua mandíbula travou. Ela pega Geneviève pela mão.

— Venha conosco.

— Você vai embora ou não?

— Mas, senhora, se ficar aqui eles vão...

— Isso é problema meu.

Eugénie teria ficado parada se o irmão não a pegasse pelo braço de repente.

— Vamos!

Ele baixa a cabeça sob o arco da saída e puxa Eugénie com força para fora. Já do outro lado, ela se vira para Geneviève. Não tem tempo de olhar para ela uma última vez, pois a intendente trancou a porta.

Mal o molho de chaves é posto de volta no bolso e Geneviève sente mãos masculinas segurarem seus braços. A voz da enfermeira grita atrás dela:

— Ela ajudou uma louca a fugir! Ela está doente também!

Geneviève se deixa puxar. Ela não resiste mais. Até seus membros relaxam. Está se sentindo aliviada.

— Vamos levá-la.

Enquanto é levada ao hospital, ela ergue o rosto: as nuvens deixaram o céu. Acima do domo da capela, sobre a tela azul--escura, estrelas se erguem. Geneviève abre um leve sorriso. A enfermeira que a vigia há certo tempo franze a testa, o rosto fechado.

— Por que está sorrindo assim?

A alienada a observa.

— A existência é fascinante, sabia?

Epílogo

1º de março de 1890

A neve cai no parque. Uma camada clara e macia repousa sobre os gramados e os telhados. Os galhos das árvores nuas sustentam os montinhos acumulados sobre a casca. Os corredores do hospital estão desertos.

No dormitório, todas se reuniram em torno dos aquecedores a carvão. A tarde está calma. Algumas dormem. Algumas jogam cartas perto de uma fonte de calor. Outras andam entre as camas, falam consigo mesmas ou com enfermeiras que não as escutam. Em um canto, afastadas, várias se reuniram ao redor de uma cama. Sentada de pernas cruzadas no meio dela, Louise tricota um xale. Dezenas de pelotas de lã se acumulam sob seus pés. Ao lado dela, todas se acotovelam para ganhar o próximo xale.

— Vai ter um para cada uma. Parem de brigar.

Seus cabelos soltos cascateiam em mechas grossas e castanhas sobre as costas. Um vestido grande e preto a veste. O lenço que Thérèse costumava usar agora está preso em seu pescoço. Seus dedos manejam as agulhas com tranquilidade. Assim que as segurou, ela começou a tricotar, simplesmente, naturalmente, como se todas as vezes que havia observado Thérèse tivessem penetrado em seus dedos. Ela tricota e não pensa em nada além dos fios de lã que se torcem, se emaranham e se enrolam entre eles.

Cinco anos antes, Louise foi encontrada na manhã seguinte ao baile. A noite já estava avançada quando um eco de pânico atravessou o salão do manicômio: não só ninguém conseguia encontrar Louise, mas Geneviève havia, supostamente, ajudado uma louca a fugir! As festividades foram interrompidas, as loucas, levadas a seus dormitórios, e os convidados, acompanhados até a saída.

Ao nascer do sol, uma enfermeira abriu a porta de um quarto por acaso. Na maca, Louise estava na mesma posição da véspera: a cabeça voltada para trás, as pálpebras abertas e imóveis, as coxas nuas e afastadas. Ela ficou naquela catalepsia profunda o dia todo, sem que ninguém conseguisse despertá-la. À noite, um médico que atravessava o jardim a pegou caminhando sem rumo pelas trilhas. Todos os seus membros tinham voltado a funcionar, apesar de algo em sua alma parecer destruído. Ela foi acompanhada até sua cama e não levantou mais. Por dois anos, foi necessário alimentá-la, trocar sua comadre, lavá-la sobre os lençóis. Ela também parou de falar. Nem mesmo Thérèse, que todos os dias conversava com Louise acariciando sua mão, como se não fosse nada, voltou a ouvir o som da voz da menina antes de morrer. Thérèse partiu enquanto dormia, sem fazer alarde. De manhã, todas as mulheres do dormitório se reuniram em torno do corpo imóvel. De repente, Louise também se levantou e se aproximou para dar instruções sobre o enterro e a homenagem que deveria ser feita a ela. Todas a viram falar e gesticular com certa surpresa: ela, que por dois anos não havia posto os pés no chão nem pronunciado uma única palavra, recuperou a fala e os movimentos como por magia. No dia seguinte à morte de Thérèse, pegou os instrumentos de tricô da mulher e continuou sua atividade. Havia três anos que era a Louise que todas vinham encomendar xales. Ela tricotava e distribuía suas criações com a dedicação que se tem a um trabalho sério. A infância abandonou seu rosto. Algumas vezes, quando alguém a contraria, seu olhar demonstra algo de impiedoso. Ninguém se queixa dela, como acontecia antes. Agora, todos a temem.

Longe das outras mulheres, Geneviève redige uma carta na cama. Os cabelos loiros e ondulados repousam sobre os ombros, cobertos por um grande xale azul, o último feito por Louise para o inverno. Seu rosto está voltado para uma folha de papel, indiferente às outras pacientes, que gravitam em torno dela e tentam ler o que a mulher escreveu. Elas se acostumaram a não vê-la mais com o uniforme de enfermeira, e sim com um vestido simples, como as outras pacientes. Nas primeiras semanas, todos os olhares se demoravam sobre aquela presença improvável no dormitório. Ela também não era mais a mesma mulher: algo parecia ter se suavizado, se acalmado nela. Agora que era uma louca entre outras loucas, ela parecia, enfim, normal.

Curvada sobre a folha, ela molha a pena em um pequeno tinteiro pousado sobre a cama e escreve:

Paris, 1º de março de 1890

Minha querida irmã,
Tudo está branco lá fora. Não podemos sair e tocar a neve. O espaço está gelado. Pode imaginar como o ensopado quente é apreciado quando chega a hora do jantar.

Hoje sonhei com você. Eu a vi de forma muito nítida: sua pele doce, seu cabelo ruivo, sua boca clara. Exatamente como se estivesse diante de mim. Você me observava sem dizer nada, mas eu a ouvia falar comigo. Eu adoraria que você viesse me visitar com mais frequência. Fico feliz em vê-la. Sei que você estava realmente comigo naquele momento.

Alguns dias atrás, outra carta de Eugénie chegou. Ela ainda escreve para La Revue Spirite. *Queria me mandar um exemplar, mas sabe que eu não poderia ficar com ele. Seu talento é conhecido por um pequeno grupo de interessados em Paris. Ela continua sendo prudente e se cerca de pessoas que não a consideram uma herege. Se eles soubessem...*

As pessoas que a julgaram, que me julgaram... O julgamento delas está em sua convicção. A fé inabalável em uma ideia leva ao surgimento de preconceitos. Já contei como me senti serena depois que comecei a duvidar? É, não deveríamos ter convicções: devemos poder duvidar de tudo, das coisas, de nós mesmos. Duvidar. Isso me parece tão claro desde que estou do outro lado, desde que durmo nas camas que antes me causavam horror. Não me sinto próxima das mulheres daqui, mas agora as enxergo. Tal como elas são.

Eu continuo indo à igreja. Não à missa, claro. Vou sozinha. Quando os bancos estão vazios. Não rezo lá. Ainda não sei se encontrei Deus. Não sei se um dia isso vai acontecer. Eu já encontrei você. É o que importa.

Não sei se vou sair logo, nem mesmo se um dia sairei. Duvido que a liberdade esteja fora dos muros deste lugar. Estive do lado de fora a maior parte da minha vida e nunca me senti livre. O desejo deve se formar em outro lugar. Esperar para ser solta é uma sensação vã e insuportável.

Há meninas à minha volta, tentando ler algumas frases. Vou parar de escrever.

Penso sempre em você. Venha me ver logo. Você sabe onde me encontrar.

Um beijo, de todo o meu coração.

Geneviève

Ela volta a cabeça para as loucas debruçadas sobre sua cama.

— Já terminei de escrever. Não há nada para ler.

— Que saco!

Os corpos ao redor dela se dispersam. Geneviève desce da cama e se agacha: entre os quatro pés metálicos, sobre o piso, há uma pequena mala fechada à chave. Ela pega a alça e a puxa em sua direção. Ali dentro, cerca de cem cartas estão arquivadas, uma sobre a outra. Ela guarda a pena e o tinteiro de um lado, dobra a carta que escreveu e a coloca no topo da pilha. Depois de fechar a mala, a empurra embaixo do estrado cinza e se levanta. Ambas as mãos puxam o xale para o peito enquanto ela avança até as janelas, sob o olhar atento das enfermeiras. Do lado de fora, o tapete branco de neve continua a se espessar sobre os paralelepípedos. Imóvel diante da janela, Geneviève pensa no Jardim de Luxemburgo no inverno. No aspecto perfeito dos corredores imaculados. Na calma fria. Nas marcas de passos deixadas na neve alta.

A paisagem é tão bonita que acabamos desejando que dure para sempre.

Dedos batem em seu ombro. À sua direita, Louise a encara. Geneviève parece surpresa.

— Você cansou de tricotar?

— Elas estão me cansando de tanto rodar em volta de mim. Quero fazer as meninas esperarem um pouco.

Louise cruza os braços sobre o peito e contempla o jardim todo branco. Dá de ombros.

— Antes eu achava isso bonito. Agora não sinto mais nada.

— Você ainda acha as coisas bonitas?

Louise baixa a cabeça e pensa por um instante. Esfrega com a ponta da bota uma rachadura no piso.

— Não sei direito. Eu acho... quando penso na minha mãe. Eu lembro que a achava bonita. Só isso.

— Isso já basta.

— É. Já me basta.

Louise observa Geneviève parada diante da janela, as mãos um pouco enrugadas pousadas sobre o xale.

— Viver lá fora não lhe faz falta, sra. Geneviève?

— Eu acho... que nunca estive lá fora. Sempre estive aqui.

Louise baixa a cabeça. As duas mulheres se mantêm de pé, lado a lado, diante do jardim que continua a embranquecer diante delas.

Impresso no Brasil pelo Sistema Cameron da Divisão Gráfica da
DISTRIBUIDORA RECORD DE SERVIÇOS DE IMPRENSA S.A.